나는 이병철이다

1판 1쇄 인쇄 | 2025년 1월 3일
1판 1쇄 발행 | 2025년 1월 10일

지 은 이 | 박상하
펴 낸 이 | 천봉재
펴 낸 곳 | 일송북

주   소 | 서울시 성북구 성북로 4길 27-19
전   화 | 02-2299-1290~1
팩   스 | 02-2299-1292
이 메 일 | minato3@hanmail.net
홈페이지 | www.ilsongbook.com
등   록 | 1998. 8. 13(제 303-3030000251002006000049호)

ⓒ박상하 2025
ISBN 978-89-5732-354-0(03800)
값 14,800원

※ 잘못된 책은 구입처에서 교환해 드립니다.

현대

시작부터 남달랐던 삼성을 키워낸 또 다른 재才의 세계

나는 이 병철 이다

박상하 지음

살림북

자본도 경험도 없이 역사 앞에서
첨단산업으로 지구촌을 지배하다

"나는 어떤 큰 자본을 갖고 시작한 게 아니었다. 별
다른 기술이나 남다른 경험이 있었던 것도 아니었
다. 인맥이나 학맥조차 따로 가졌던 게 아니었다.
미래는 소심하게 머뭇거리는 자의 것이 아니라 용
기 있게 나서는 자의 것이라는 신념 하나만으로 세
상에 내 자신을 내던졌던 것이다.".

- 이병철이 독자에게 -

한국을 만든 인물 500인을 선정하면서

일송북은 한국을 만든 인물 5백 명에 관한 책들(5백 권)의 출간을 기획하여 차례대로 펴내고 있습니다. 이는 긍정적이든 부정적이든 우리 역사에 뚜렷한 족적을 남긴 인물들의 시대와 사회를 살아가는 삶을 들여다보고 반성하며, 지금 우리 시대와 각자의 삶을 더욱 바람직하게 이끌기 위해서입니다. 아울러 한국인의 정체성은 무엇인가를 폭넓고 심도 있게 탐구하는, 출판 사상 최고·최대의 한국 대표 인물 콘텐츠의 보고(寶庫)가 될 것입니다.

한국 인물 500인의 제목은 「나는 누구다」로 통일했습니다. '누구'에는 한 인물의 이름이 들어갑니다. 한 인물의 삶과 시대의 정수를 독자 여러분께 인상적·효율적으로 전할 것입니다. 무엇보다 지금 왜 이 인물을 읽어야 하는가에 충분히 답해 나갈 것입니다.

이번 한국 인물 500인 선정을 위해 일송북에서는 역사, 사회, 문화, 정치, 경제, 국방, 언론, 출판 등 각 분야의 전문가들로 선정위원회를 구성했습니다. 선정위원회에서는 단군시대 너머의 신화와 전설쯤으로 전해오는 아득한 상고대부터, 아직도 우리 기억에 생생한 20세기 최근세까지의 인물들과 그 시대들에 정통한 필자를 선정하고 있습니다.

우리는 지금 최첨단 문명시대를 살고 있습니다. 인터넷으로 실시간 글로벌시대를 살고 있으며 인공지능 AI의 급속한 발달로 인간의 정체성마저 흔들리고 있음을 절감하고 있습니다.

이러한 때일수록 인간의, 한국인의 정체성이 더욱 절실히 요구되고 있습니다. 그 정체성은 개인과 나라의 편협한 개인주의나 국수주의는 물론 아닐 것입니다. 보수와

진보 성향을 아우르는 한국 인물 500인은 해당 인물의 육성으로 인간 개인의 생생한 정체성은 물론 세계와 첨단 문명시대에서도 끈질기게 이끌어나갈 반만년 한국인의 정체성, 그 본질과 뚝심을 들려줄 것입니다.

차 례

서문 ‥10

들어가는 글
'이병철'의 역사근육을 찾아서 ‥16

1장. 내가 되다

이병철의 '재才의 세계' ⋯ 30

학습 능력이 뒤떨어진 부잣집 도련님 ⋯ 36

자본도 경험도 없이 역사 앞에 서다 ⋯ 41

시련 속에서 힐끗 엿본 무한한 가능성 ⋯ 46

사업 탐색을 위해 대륙으로 떠난 기차여행 ⋯ 54

2장. 삼성이 되다

8·15해방 이후 서울로 진출하다 ⋯ 64

전쟁의 혼란 속에 달빛을 밟다 ⋯ 70

'이발사의 교훈'에서 깨달은 장인정신 ⋯ 76

시중 은행 인수로 '금융삼성'을 꿈꾸다 ··· 84

더욱더 큰 백년대계의 꿈 삼성전자 ··· 98

앞선 기술력만이 삼성이 살 길이다 ··· 106

'산업의 쌀' 반도체를 눈여겨보다 ··· 121

생애 마지막 순간까지 명운을 건 반도체 ··· 138

3장. 못다 이룬 것들

승율 96%의 직관력과 인재 제일주의 ··· 156

뼈아픈 2패, '토지 사업'과 '한국비료' 사건 ··· 173

장남도 차남도 아닌 셋째였다 ··· 185

93.6% 몰아주기가 공평한 상속이다 ··· 192

여름엔 시원하고 겨울엔 포근하겠구나 ··· 201

'이병철'의 역사근육을 찾아서

큰 자본 기술 없이 '100년 경영'을 시작하다

어떠한 역사도 시작은 창대하지 않았다. 수많은 다수에 의해 만들어지고 또한 다져지는 것이라고는 하지만, 그 시작점은 으레 바람에 떨어진 겨자씨 한 알과 같은 작고 사소한 것으로부터 비롯된 경우가 많다. 바람에 떨어진 겨자씨 한 알에서 싹이 움트고, 땅을 뚫고 일어서 수목으로 자랐다. 그 수목이 거대한 숲을 이루어나간 것이다.

지금의 거대 기업집단 '삼성'을 일으킨 이병철李秉喆의 시작 또한 이와 다르지 않았다. 지금으로부터 90여 년 전 바람에 겨자씨 한 알이 대지 위에 뿌려졌고, 싹이 움터 일어나 땅을 뚫고 일어서 수목으로 자라났다. 그 수목이 마침내 지금의 삼성그룹이라는 거대한 숲을 이루게 되었다.

이병철의 첫 걸음은 지극히 초라했다. 26살 되던 해에 평소 알고 지내던 지인 세 사람과 자본을 합자해서 지방에 설립한 '협동協同정미소'가 그 시작점이었다. 대지 위에 겨자씨 한 알을 뿌린 것이다.

이처럼 이병철은 어떤 큰 자본을 갖고 시작한 게 아니었다. 별다른 기술이나 남다른 경험이 있었던 것도 아니었다. 인맥이나 학맥조차 따로 가졌던 게 아니다. 미래는 소심하게 머뭇거리는 자의 것이 아니라 용기 있게 나서는 자의 것이라는 신념 하나만으로 자신을 세상에 내던진 셈이다.

물론 그의 시작점이 지금의 환경과 같은 조건이라고 말할 순 없다. 그동안 비교도 할 수 없을 만큼 환경이 크게 달라졌다는 지적이 있을 수 있다.

하지만 이 같은 지적에 과연 그가 선뜻 동의할 수 있을

는지는 모르겠다. 어쩌면 이병철은 그때나 지금이나 조건이 어렵긴 마찬가지라고 항변할는지도 모르겠다.

다만 분명히 말할 수 있는 건 그에게 남다른 점이 있었다는 것이다. 그에겐 일찍이 본 적 없는 주목할 만한 리더십이 실존했다는 사실이다.

더욱이 천만다행스러운 건 그가 일으킨 거대 기업집단의 속살이 그저 먼발치에서만 바라보아야 하거나, 결코 범접하기 어려운 금단의 역사가 아니라는 점이다. 바람에 떨어진 겨자씨 한 알과 같았던 작고 사소한 첫 시작점에서부터 어렵사리 싹을 틔워내고, 땅을 뚫고 일어서, 수목으로 자라나 마침내 지금의 거대 기업집단인 삼성그룹에 이르기까지를, 다시 말해 누구에게도 접근할 수 있고 오버랩될 수 있는 지평을 열어주었다는 점에서 우선 반갑기 그지없다.

경영의 정신은 위에서부터 내려온다.

호랑이 1마리가 이끄는 100마리의 양떼가 있다고 하

자. 반대로 양 1마리가 이끄는 100마리의 호랑이 무리가 있다고 하자.

만일 이 두 집단이 서로 맞닥뜨려 피비린내 나는 약육강식을 벌인다면 과연 그 결과는 어떻게 될까? 생각해볼 것도 없이 마땅히 100마리의 호랑이 무리가 승리하지 않겠는가.

정녕 그렇다고 보는가. 반드시 힘센 다수가 승리할 수 있다는 절대론이란 단순히 물리적 결과만을 고려한 건 아닌가. 혹 섣부른 관념일 수도 있다는 생각을 해보진 않았는가.

우리는 실제 역사 속에서 이 같은 사실을 곧잘 목격하곤 한다. 두터운 세계사 책자를 뒤적거릴 것도 없다. 정유재란 때의 명량해전(1597)만 하여도 그렇다.

당시 해전에서 이순신 장군에겐 고작 13척의 전함뿐이었다. 반면에 일본 수군의 도도 다카토라 장군이 이끄는 전함은 133척이었다. 하지만 결과는 모두의 예상을 깬 일본 수군의 참패였다.

이 같은 역사의 실례에서도 볼 수 있는 것처럼 반드시

힘센 다수, 곧 거대 자본이나 앞선 기술이 반드시 승리한다는 공식은 자칫 잘못된 관념일 수 있다. 더욱이 리더십과 연결 지어 생각해 본다면 결과는 또 얼마든지 달라질 수 있다. 어떤 조직이 갖추고 있는 환경이나 조건에 상관없이 리더십에 따라선 결과가 얼마든지 뒤집어질 수도 있음을 확인할 수 있다.

마찬가지로 앞서 예를 든, 호랑이 1마리가 이끄는 100마리의 양떼와 양 1마리가 이끄는 호랑이 100마리의 약육강식 또한 다를 것이 없다. 리더십이란 이처럼 조직의 사고방식을 바꾸어내고, 또 그들이 어떤 행동을 하도록 역량을 동원할 수 있다는 점에서 얼마든지 다른 결과를 얻어낼 수 있다.

예컨대 양 1마리가 이끄는 100마리의 호랑이들은 자칫 자신의 리더인 양을 쫓다 보면, 그만 호랑이다운 야성을 잃어버린 채 모두가 양과 같이 온순해질 수밖엔 없다. 그렇게 길들여진 호랑이가 되고야 만다. 나아가 약육강식을 벌이는 방식에서도 리더인 양을 따라갈 수밖에는 없게 된다.

반면에 호랑이 한 마리가 이끄는 100마리의 양떼는 자칫 자신의 리더인 호랑이를 쫓다 보면, 그만 호랑이와 같은 거친 야성으로 모두 돌변할 수가 있다. 그렇게 길들여진 양떼가 되고야 만다. 나아가 약육강식을 벌이는 방식에서도 리더인 호랑이를 따라갈 수밖엔 없게 된다.

다시 말해 무리의 리더인 양의 생존 전략에 따라 마치 양처럼 온순하게 탈바꿈하게 된 호랑이 무리와, 그에 반해 무리의 리더인 호랑이의 생존 전략에 따라 호랑이처럼 사납게 탈바꿈한 양떼가 서로 맞부딪쳐 약육강식을 벌인다고 가정해보았을 때, 무리가 가진 환경이나 조건과는 상관없이 리더에 따라 얼마든지 다른 결과가 초래될 수가 있다는 얘기다.

아니라고? 그건 어디까지나 동물을 전제로 한 것일 따름이라고?

그렇다면 앞서 언급한 실제 역사를 다시 돌아보길 바란다. 13척의 이순신과 10배가 넘는 133척의 도도 다카토라가 맞부딪친 명량해전의 산 예를 다시금 상기해주길 바란다.

믿기지 않는 이 명량해전이야말로 리더의 전형을 보여준 사례라고 할 수 있다. 그 어떤 조직에서도 찾아볼 수 없는, 경영이라는 매우 특수하면서도 미묘한 활동을 하는 조직에서 과연 리더십이 어떠한 가치를 발휘할 수 있는가를 가늠케 해주는 단적인 사례라고 보인다.

더구나 명량해전의 결과로 말미암아 전쟁의 전후 상황이 정반대로 뒤바뀌게 되었다는 사실이다. 절대 열세에 놓여 있던 조선의 수군은 리더십으로 상황을 탈바꿈시켜 반전의 기회로 삼은 데 반해, 절대 우위에 있던 일본의 수군은 리더십 위기로 상황을 한 순간에 상실하고 말았음을 알 수 있다.

기업의 조직이라고 해서 또한 뭐가 다르겠는가. 오늘날의 기업 경영에서 리더십의 위기는 이슈와 함께 반드시 선결하지 않으면 안 될 과제가 되고 있다. 당장 차세대 리더를 발굴하거나 키워내지 못한다면 성장전략에 심각한 위기를 맞을 것이란 이런저런 분석을 마주한 지 이미 오래다. 크든 작든 기업의 경영에서, 특히 조직의 운영에서 리더의 정신은 그만큼 중요한 의미를 지니게 되었다.

'경영학의 아버지'로 불리는 피터 드러커는 평생 40여 권의 저서를 남겼다. 물론 다 읽어보는 건 쉽지 않은 일이다. 하지만 그중에서 몇 권을 읽고서 간추리고 또 간추리다 보면, 맨 마지막까지 남는 건 "기업의 정신은 곧 위에서부터 내려온다"라는 문장이었다.

그렇다. 조직의 정신은 모두가 위에서부터 내려온다. 만일 어떤 조직이 특별한 정신을 지니고 있다면, 이건 분명 그 조직을 이끄는 리더의 정신이 남다르기 때문이다. 윗물이 맑아야 아랫물이 맑은 것처럼 조직의 정신은 위에서부터 흘러내리는 계류와도 같다. 또 위에서부터 흘러내릴 때 계류는 더욱 큰 힘을 발휘할 수 있게 된다.

이병철의 경영 역시 계류가 없을 리 만무하다. 그의 경영을 간추리고 또 간추리다 보면, 맨 마지막까지 남는 건 이병철만의 계류다. 수풀더미가 우거진 숲속을 헤치고 또 헤쳐 나가면서 스스로 길을 내어 앞으로 나아간 개척의 90여 년은, 순전히 그의 남다른 리더십에서 비롯되었음을 알 수 있다.

물론 지금의 거대 기업집단 삼성은 그 혼자서만 이룬

건 결코 아니다. 이병철만으로 모든 게 이루어졌다 말하기 어렵다. 그렇더라도 분명한 건 삼성의 정신은 오롯이 그로부터 비롯되었다는 사실이다.

이병철의 '생각하는 힘', 삼성의 '생각하는 힘'

러시아 속담 중에 "숲속에 들어가도 땔감을 찾지 못한다"라는 말이 있다. 이는 주의력이 산만한 사람을 가리키는 말이다. 고대 이스라엘의 왕인 솔로몬도 "지혜로운 사람의 눈은 바로 생각 속에 있다"라고 말했다. 생각의 힘으로 사물을 꿰뚫어볼 줄 알아야 한다고 주장했다.

사려 깊지 못한 이에겐 바로 눈앞에 있는 보물도 좀처럼 쉬 보이지 않는다. 총명한 통찰력을 지닌 이는 사물 너머에 숨어 있는 진실까지도 꿰뚫어볼 줄 아는 혜안이 있기 마련이다.

갈릴레이가 지동설地動說을 처음 주장한 시기 이전에도 모르긴 해도 높이 매달린 물체가 규칙적으로 움직이는 것을 목격한 이가 얼마나 많았겠는가. 하지만 그 같은 현상의 가치를 꿰뚫어 발견한 이는 오로지 갈릴레이

뿐이었다.

다음은 갈릴레이가 남다른 '생각의 힘'을 지니고 있음을 보여주는 에피소드다.

어느 날 기울어진 피사의 탑으로 유명한 피사 대성당의 종지기가 지붕 밑에 매달아 놓은 램프를 닦고 있었다. 지붕 밑에 매달린 램프는 청소가 끝나고 종지기가 그 자리를 떠난 뒤에도 계속해서 좌우로 흔들리고 있었다.

누구도 눈여겨보지 않았으나 오직 한 사람, 당시 18세에 불과했던 갈릴레이의 눈에는 램프의 흔들림이 예사롭지 않게 보였다. 그는 이것을 주의 깊게 관찰하고 생각을 거듭하다가, 그 원리를 시간의 계측에 활용할 수는 없을까 연구하기 시작했다.

그 후 갈릴레이는 반세기에 걸친 집요한 연구와 부단한 노력 끝에 비로소 진자振子의 실용화에 성공했다. 시간의 측정과 천문의 계측에서 이 같은 발견은 아무리 높이 평가해도 지나치지 않은 것이었다.

만일 갈릴레이가 사물을 그저 일상적인 눈으로 스쳐 지나쳤거나, 수동적으로 남의 얘기만을 흘려들었다면 그와 같은 위대한 업적은 결코 이루지 못했을 것이다. 주의 깊게 관찰하고 생각하는 힘으로 사물을 예리하게 꿰뚫어 보았기 때문에, 언뜻 보기에는 아무것도 아닌 듯이 보인 현상에서 그 중대한 의미를 찾아낼 수 있게 된 것이다.

이병철의 삼성 또한 이와 다르지 않았다. 이른바 이병철로부터 시작된 삼성의 90여 년은 모두가 거기에서부터 역사근육이 비롯되었으며 또한 계류로 흘러내렸다.

요컨대 삼성이라는 거대 기업집단의 역사근육은 순전히 '생각의 힘'에서 비롯된다. 이병철로부터 시작된 삼성의 90여 년을 관통하는 정신의 코어core는 다름 아닌 '생각의 힘으로 사물을 통찰하라'였다. 그 같은 뿌리 깊은 정신이 곧 누구도 따를 수 없는 경소단박輕小短薄형의 글로벌 첨단산업을 일으켜낸 원동력이었던 것이다.

1장

내가 되다

이병철의 '재才의 세계'

CEO(chief executive officer)는 어떻게 정의할 수 있을까? 최고경영자, 최고 책임자, 업무 1인자, 사장, 회장 등 이것은 여러 가지로 정의할 수 있다. 또 누구나 그렇게 생각하고 있기 마련이다.

한데 이 같은 사전적 의미 말고 좀 더 실존적 정의를 평소 듣고 싶어졌다. 기업의 현장에선 과연 어떤 생각을 하고 있는지도 궁금했다.

그러던 중 우연한 기회에 현장의 육성을 접할 수 있게 되었다. CEO로 기업 경영을 해오다 이제는 퇴역한 S그룹의 K 고문이었다. 주저 없이 입을 연 그의 CEO에 대한 정의는 이랬다.

"기업의 CEO란, 황금money이 되는 산업을 찾아내어 자기 기업의 조직과 문화에 효율적으로 접목해 내는 자다."

어떤가? K 고문의 정의가 옳다고 생각하는가?

솔직히 예상치 못한 답변이었다. 하지만 이내 생각이 바뀌어갔다. 본질에 가깝다는 생각이 들었다. 시간이 흐를수록 이처럼 명쾌한 정의도 또 없다고 믿게 되었다. CEO에 대해 이보다 더 현실적인 정의도 딴은 또 없다고 확신하게 되었다.

무엇보다 삼성 90여 년을 떠올리면서 그랬다. 이병철의 생애를 돌이켜보며 그처럼 생각했다.

그는 황금이 되는 산업을 찾아내어 자기 기업의 조직과 문화에 효율적으로 접목해 내는 데 탁월한 역량을 보여주었다. CEO로서 자신의 목적이 누구보다 명확했고, 그것을 매우 잘 알고 있었다. 설명하기 어려운 입체의 세계, 곧 재才의 수준을 펼쳐보였다.

그러나 이병철의 설명하기 어려운 입체의 세계는 또한 다른 이들과도 달랐다. 다른 이와 본질은 같았을지 몰라도 그 전개 방식은 사뭇 다른 거였다. 그가 보여준 재의 수준은 곧 '일등정신'이라는 전혀 다른 모습으로 나타났다.

　무엇보다 이병철의 일등정신은 일찍이 사업 초기부터 유감없이 드러난다. 6·25전쟁(1950)으로 그동안 어렵게 쌓아온 모든 것을 잃고서 속절없이 피난길에 올라야 했던 그는, 피난지 부산에서 가까스로 재기에 성공한다.

　재기에 성공하면서 그는 결단을 내린다. 아직 전쟁이 채 끝나기도 전이라서 사회 분위기는 어수선했으나 마침내 제조업에 투신하기로 결심한다.

　임직원들은 두 손을 저으며 만류하고 나섰다. 관계 당국의 의견 또한 부정적이었다.

　초기에 투자 비용이 막대하게 들어가는 제조업을 벌이기엔 모든 것이 불확실하기만 했다. 아직은 시국이 불안하였고, 인플레이션은 좀처럼 수습될 기미가 보이지 않았다. 그런 상황에서 자금의 회임懷妊 기간이 긴 생산 공장에 막대한 자금을 투입하는 일이 무모하다는 게 반대 이유였다. 모두가 시기상조라며 고개를 내저었다.

하지만 제조업에 대한 그의 생각은 확고했다. 어떤 제조업을 어떻게 할 것인가만 남겨두었을 따름이다.

그렇게 건설된 것이 '제일제당(1953)'이다. 제조업에 투신하더라도 그중에서 '제일第一'이 되겠다는 의지를 처음부터 밝히고 나선 셈이다.

제일제당은 8·15해방(1945) 이후 건설된 우리나라 최초의 현대식 대규모 생산시설이었다. 삼성이 근대적 생산자로서의 면모를 구축한 첫 걸음인 동시에, 마침내 무역업이라는 상업자본을 탈피하여 산업자본으로 전환한 최초의 선구자본이라 할 수 있었다.

그러나 뭐니 뭐니 해도 그의 일등정신을 있는 그대로 보여준 사례는 '한국비료'의 설립이었다고 할 수 있다. 1965년 가을부터 본격적인 건설에 들어간 한국비료는, 건설 비용 4,600만 달러가 소요되는 당시 세계 최대 규모의 비료 공장이었다. 다음은 그의 육성 증언이다.

한국비료 울산공장을 완성하는 데는 10년 가까운 시간이

걸렸다. …증가 일로인 국내 비료 수요를 충족시키기 위해서는 세계 굴지의 최신식 대규모 공장을 건설해야 하며, 그 규모는 30만t 정도는 되어야 한다. 이 규모라면 장차 수출을 할 경우에도 국제 경쟁력을 지닐 수 있다. …지금에 와서는 4,000만~5,000만 달러 규모의 공장은 별반 신기할 것이 못되지만, 당시로서는 그야말로 세계적인 거대 규모였다. …이윽고 삼성이 세계 최대의 비료 공장을 건설한다는 것이 국내에 알려지자 반응이 분분했다. 우선 그 웅대한 스케일에 놀라 그렇게 큰 공장을 과연 우리 손으로 지을 수 있을까 하고 의심하는 것 같기도 했다….

하기는 반응이 분분할 만도 했다. 상업자본에서 갓 산업자본으로 전환하기 시작한 그때, 고작 제일제당과 제일모직을 계열사로 거느렸을 뿐이었다. 그런 그가 언감생심 누구도 꿈꾸지 못한 세계 최대 규모의 비료 공장을 덜컥 건설하겠다고 나섰으니 말이다.

어떤가? 황금이 되는 산업을 찾아내어 자기 기업의 조직과 문화에 효율적으로 접목해 냈는가? CEO로서 자신의 목적이 어디에 있는지 누구보다 뚜렷하고 확고했는가? 설명하기 어려운 입체의 세계, 곧 재의 수준을 펼쳐 보였는가?

결국 이병철의 '재才의 세계'란 딴 게 아니었다. 단언컨대 일등정신과 그것을 성취하기 위한 부단한 도전이었을 따름이다. 설령 자신이 평의 수준에 머물러 있었을지라도 그 몇 배에 달하는 노력을 다한 남다른 자세, 깨달음, 다짐 같은 것이 있었기에 설명하기 어려운 입체의 세계, 곧 재의 수준을 펼쳐나갈 수가 있었던 것이다.

학습 능력이 뒤떨어진 부잣집 도련님

위인전을 읽다 보면 흔히 '될성부른 나무는 떡잎부터 알아본다'는 전제하에 이야기가 전개된다. 실제로 범상치 않은 어린 시절을 보낸 위인의 예는 많다. 이순신은 전쟁놀이를 할 때마다 대장을 맡는다. 율곡 이이는 8살 때 이미 수준 높은 시를 지어 어른들을 깜짝 놀라게 만들었다. 이런 일화들은 위인전의 주인공이 장래에 비범한 인물로 성장할 것임을 넌지시 일러준다.

그러나 세상의 모든 위인이 떡잎부터 남달랐던 건 아니다. 평범하다 못해 심지어 보잘것없기까지 한 어린 시절을 보낸 위인도 매우 많다. 인류 역사상 가장 넓은 영토를 정복했던 칭기즈칸만 해도 그렇다. 그는 어린 시절에 개만 보면 울고 도망갈 정도로 소심한 겁쟁이였다. 인류의 위대한 스승으로 추앙받는 간디는 자기 형의 금딸찌를 몰래 훔쳐 팔기도 했다.

이병철과 삼성 역시 별반 다르지 않았다. 벌써 떡잎부터 알아볼 만큼의 타고난 인재는 아니었던 듯싶다.

그는 풍년이 들면 2,000석, 흉년이 들면 1,500석을 거둬들인다는, 농촌의 기준으로 볼 때 밥술깨나 먹는다는 부잣집에서 태어났다. 1910년 경상남도 의령군 정곡면 중교리였다. 집안 대대로 농사를 크게 지어 먹을 걱정 입을 걱정 없는 4남매 중 막내로 태어나 집안의 사랑을 한 몸에 받으며 자랐다.

또래 아이들이 그렇듯 초등학교에 들어가기 전에 서당부터 다니면서 한자를 배웠다. 한자 공부의 시작은 천자문千字文이었는데, 남들은 서너 달이면 뗀다는 천자문을 거의 1년 동안 배웠다. 학습 능력이 다소 뒤떨어져 진도가 늦은 탓에 훈장에게 꾸중을 듣기 일쑤였다.

이병철은 11살이 되자 진주시에 있는 지수초등학교에 입학했다. 깜깜하기만 하던 고향에선 볼 수 없는 신식 초등학교였다. 고향을 떠나 도시에서 생활하면서 신식 문물에 눈을 떴다. 더불어 자신이 태어나고 자란 시골 마을이 얼마나 비좁고 답답한 곳이었는가를 깨달았다.

이듬해 이병철은 친척 형을 따라 서울로 상경했다. 신학문을 배우겠다는 의지가 그만큼 강했다. 서울에서 그는 붉은 벽돌로 지어진 교사가 무척 인상적인 수송초등학교 3학년에 편입했다.

학교 성적은 여전히 신통치 않았던 것 같다. 그럼에도 초등학교 과정은 한시 바삐 끝내고 싶어 했다. 4학년을 마친 이병철은 초등학교에서 배울 것이 없다며 중학교로 옮기고 싶다고 아버지를 졸라서 속성과가 있는 중동중학교로 전학을 가게 된다.

다시 중동중학교 4학년 때 다니던 학교를 돌연 그만두고, 일본으로 유학을 갈 생각을 했다. 더욱 넓은 세상을 체험해보기 위해서였다.

이런 그는 어린 시절에 늘 혼자일 수밖에 없었다. 고향을 떠난 진주에서도, 편입을 위해 상경한 서울에서도, 그는 늘 외톨이였다. 아직 11~12살밖에 되지 않은 이병철은 이후에도 다르지 않았다. 학교가 끝나고 집으로 돌아가 봐야 반겨줄 부모님이 기다리고 있는 것도 아니었다. 학교를 자주 옮기게 되면서 딱히 놀아줄 친구조차 미처 사귀지 못한 채, 낯설기만 한 타향에서 어린 시절을 늘 혼자 지내다시피했다.

또 이 같은 어린 시절의 환경은 그를 늘 조용한 아이로 만들어갔다. 바깥으로 향하는 에너지보다는 자신의 내면으로 향하는 에너지, 곧 내면의 세계로 이끌었다. 이른바 이성의 지배가 우세한 우뇌右腦형의 인간, 곧 디오니스적靜的 인간형의 성격 형성에 결정적 토양이 된다.

이듬해 이병철은 일본 와세다대학 정치경제학과에 입학했다. 그러면서 뒤늦게나마 학교 공부에 열중했다고 한다.

한데 2학기 말이 되면서 때마침 유행하던 독감에 그만 걸리고 말았다. 유행성 독감으로 무수히 많은 사람이 죽어나가는 마당이었으니 당장 학업을 중단해야 했다. 와세다대학을 중퇴한 그는 쓸쓸히 고국으로 돌아올 수밖에 없었다. 당장 몸부터 추스르지 않으면 안 되었던 것이다.

자본도 경험도 없이 역사 앞에 서다

　　모든 것은 늘 '할 수 있을 것 같다'는 예감에서부터 시작
되기 마련이다. 모든 이해가 전체에 대한 어떤 예감에서
부터 비롯된다고 볼 수 있다. 하지만 예감은 근원적이다.
근원적이어서 그 모든 최초의 파악은 잠정적이고 불완전
하다. 이병철의 삼성 경영의 출발점 역시 별반 다르지 않
았다. 어느 것 하나 근원적이지 않은 게 없었다.

　　먼저 일본 와세다대학을 중퇴하고 돌아온 이병철은
잠정적이고 불안전하기만 했다. 그때 벌써 26살이었다.
당시의 조혼 풍습에 따라 19살 때 결혼한 그는 이미 세 아
이의 아버지였다. 언제까지 비좁은 사랑방에 모여 앉아
골패 노름에나 빠져 소일할 수도 없는 노릇이었다. 당장

무엇인가 하지 않으면 안 될 절박한 심정이었다.

신중한 디오니스적靜的 인간형인 이병철은 고민에 빠진다. 자신이 선택해야 할 길을 두고 깊은 숙고에 들어갔다. 독립운동, 관리, 사업 등으로 생각을 좁혀나갔다.

독립운동은 투쟁 못지않게 국민을 빈곤에서 구하는 일이 시급하다는 점에서, 관리 생활은 일제 식민 지배체제하에서 떳떳하지 못하다는 점에서 일찌감치 제외되었다. 이제 남는 건 사업이었다.

그렇잖아도 일본 유학 시절 도쿄로 오가는 오사카의 철로 연변에 즐비하게 늘어선 거대한 공업단지를 목격하면서 일본의 저력을 절감한 그였다. 그도 와세다대학 정치경제학과에 진학할 때부터 '장차 기업가가 되어 부강한 조국을 만들리라'는 청운의 꿈을 품었을 것이다. 결국 사업의 길이 자신의 성격에도 맞다고 판단하여 사업에 뛰어들기로 한다.

결심을 굳힌 그는 아버지에게 그 같은 뜻을 밝혔다. 아버지도 "스스로 이해가 가는 길이라면 결단을 내리는 것도 좋다"라며 흔쾌히 막내아들의 몫인 600석지기의 토지를 물려주었다. 지금 돈으로 환산한다면 10억 원쯤 되는 자산이었다.

수중에 자본을 쥔 그는, 사전 시장 조사를 한다는 생각에 마음이 부풀었다. 서울을 사업의 근거지로 하면 업종 선택의 폭이 넓고 친구들도 있어 손쉬울 것 같았다. 하지만 처음부터 그렇게 하기에는 아무래도 손에 쥔 자금이 부족할 것만 같았다. 대구나 부산·평양과 같은 대도시는 어떨까 하고 알아보았으나, 그 세 도시에서도 이미 큰 상권은 일본인들이 독점하고 있어 자신의 자금력으로는 끼어들 여지가 없어 보였다. 이런저런 이유로 결국에는 고향과도 가까운 마산(지금의 창원)을 우선 후보지로 골랐다.

당시 마산은 물이 맑고 기후가 온화한 아담한 항구도시였다. 경남 일대 농산물의 집산지로서 그곳에 모이는 쌀이 연간 수백만 석에 이르고, 대부분 일본으로 수출되었다. 반면에 만주로부터 대두나 고량高粱 등이 유입되어 물자와 돈의 유통 규모도 제법 컸다.

그러나 그는 연간 수백만 석에 이르는 쌀이 모여드

는데도 도정 능력이 떨어진다는 사실에 착안했다. 마산 시내에서 일본인들이 경영하는 정미소의 규모는 제법 컸으나, 한국인들의 정미소는 보잘것이 없었다. 따라서 하주荷主는 도정료를 먼저 지급하고도 한동안 차례를 기다리는 것이 예사였고, 이 때문에 정미소의 공터 곳곳에는 도정을 기다리는 볏단더미가 산더미같이 쌓여 있었다.

'그래, 바로 이거야! 정미사업이다!'

이병철은 부르르 주먹을 쥐었다. '신중한 성격과 달리 유난히 스케일이 컸던' 그는, 마산에서 제일 큰 규모로 한다면 얼마든지 경쟁력을 가질 수 있다고 확신했다.

하지만 그 같은 사업을 벌이기에는 아버지로부터 물려받은 토지만으로는 아무래도 부족했다. 자본을 좀 더 끌어 모으지 않으면 안 되었다.

이병철은 평소 알고 지내던 친구 둘을 만나서 공동사업을 제의했다. 때마침 두 친구도 사업을 할 생각을 하고 있었던지, 셋은 이내 의기투합할 수 있었다. 한 사람이 1만 원(지금 돈 약 10억 원)씩을 투자하기로 했다.

물론 당시만 해도 자본주의 경제 구조가 자리 잡지 않

앉을 때라 3자 동업은 내부적으로 상당한 진통을 안고 있었다. 법(상업)이나 자본 참여 규모에 따른 발언권(결정권)이 존중되기보다는 나이, 인정, 의리 따위에 무게가 더 실리던 것이 당시 상계의 분위기였다.

그럼에도 굳이 동업을 택할 수밖에 없었던 이유는 분명했다. 마산에서 제일 큰 규모의 정미소를 하려면 사업자금이 부족했기 때문이다. 나아가 시쳇말로 '조선 사람은 단결심이 없다. 공동사업 같은 것은 바랄 수도 없다'고 비아냥거리는 일본인들의 고정관념을 깨기 위한 것이기도 했다. 이병철은 일본인들에게 '조선 사람과도 동업을 할 수 있다'는 사실을 보여주고 싶었다.

26살이던 1936년 봄, 북마산에 부지를 마련했다. 설비도 들어왔다. 셋이 자본을 댄 공동사업인 만큼 '협동協同정미소'라는 상호의 간판을 내걸었다. '높은 운명'을 자기 스스로 선택했다. 삼성 90년의 첫 시작점이 열리는 순간이었다.

시련 속에서 힐끗 엿본 무한한 가능성

송나라 때 장괴애張乖崖라는 이가 늘그막에 한가로움을 시로 읊었다.

"홀로 태평하여 일 없음을 한탄하니. 강남땅에서 한가한 늙은 한량이로다."

그걸 보고 소초제蕭楚梯라는 이가 못마땅한 기색을 보이더니 앞 구의 '한탄恨'을 '행복幸'으로 고쳤다. 그러고 나서 입을 열었다.

"지금 나라가 태평하고, 그대의 공명이 높고 무겁거늘. 홀로 한가함을 한탄스러워한다니, 어디 될 말이오?"

글자 한 자만 '행' 자로 고쳐도 '홀로 태평하여 일 없음을 기뻐하노라'라는 뜻이 되었다. 장괴애는 진땀을 흘리며 사과했다.

이와 같이 한 글자를 고쳐 시의 차원을 현격하게 높여주는 걸 흔히 '일자사一字師'라 일컫는다. 청나라 때 원매가 일자사에 한 마디를 덧붙인다.

"시는 한 글자만 고쳐도 하늘과 땅의 차이만큼이나 판이해진다. 겪어본 이가 아니라면 알 수 없는 세계다."

그러나 글자의 미세한 차이가 어디 시의 세계뿐이겠는가. 세상에는 글자 몇 자 때문에 뒤집히고 용솟음쳐 한바탕 울고 웃는 기막힌 순간이 얼마나 많았던가.

이병철의 '협동정미소' 또한 이와 다르지 않았다. 그의 첫 사업은 단지 글자 몇 자 때문에 성공하지 못한다.

물론 처음에는 경험 부족에서 오는 손실 문제부터 서둘러 해결해야 했다. 젊음과 의욕을 앞세워 시작한 정미소는 생각만큼 성과가 나지 않았다. 첫해에 이미 자본금의 3분의 2를 잠식당할 만큼 엄청난 적자를 면치 못했다.

그는 실패의 원인 분석에 들어갔다. 미곡의 가격 변동을 잘못 예측했기 때문이었다. 그저 들리는 풍문에 따라 쌀값이 오를 때 사들이고, 내릴 때 팔았기 때문이라는 것을 뒤늦게야 알게 되었다.

하지만 딱히 미곡의 가격 변동을 잘못 예측했다거나, 경영이 미숙했다는 점 때문인 것만도 아니었다. 그보다는 동업자 상호 간에 표출된 의견 대립이 상당한 원인으로 작용했음을 부인할 수 없었다.

결국 동업 1년 만에 동업자 한 사람이 떨어져 나갔다. 그때부터 정미소는 2인 체제로 전환되고, 이병철이 경영을 주도하고 나섰다.

아무렇든 첫해의 실패를 거울삼아 미곡의 가격 변동에 따른 전략을 새로이 짰다. 첫해와는 정반대되는 전략이었다. 쌀값이 오를 때 쌀을 팔고, 내릴 때 쌀을 사들이는 방식으로 전략을 전환했다.

아울러 50여 명에 달하는 정미소 종업원들의 관리 문제도 새로이 해야 했다. 체계적이지 않게 일한다는 사실이 현안으로 떠올랐다.

따라서 입출 전표를 쓰는 사람은 오직 입출 전표 업무만을 맡도록 했다. 저울질, 하역, 포장과 같은 업무 또한 각기 책임 영역을 정하는 등 작업 현장에 책임제와 같은 분업의 원리를 도입하여 경영을 일신하였다.

성과가 이내 확연히 드러났다. 우왕좌왕하던 현장은 점차 물이 흐르듯 돌아갔다. 이듬해부터 단숨에 흑자경영으로 돌아섰다.

이병철은 자신감을 얻었다. 때마침 일본인이 경영하던 운송회사가 매물로 나오자 두 말 않고 사들였다. 트럭 10대를 보유하고 있던 마산 일출자동차회사를 인수한 데 이어, 다시 새 트럭 10대를 더해 모두 20대의 트럭을 보유한 운송회사를 경영하게 되었다. 당시 트럭 1대 값이 요즘으로 치면 비행기 1대 값과 맞먹을 정도여서 그의 야망이 얼마나 컸는지를 짐작케 한다.

신중한 성격과 함께 유달리 스케일이 크다는 양면성을 지닌 이병철이, 이번에는 토지 사업에 눈을 돌린다. 쌀의 도정에서 시작하여 쌀을 실어 나르는 운송회사에 이은 세 번째 사업이었다.

1930년대 후반 경남 일대의 논 한 평 값은 25전, 한 마지기(약 200평)가 50원(지금 돈 약 500만 원) 정도였다. 한데 논 한 마지기를 소작으로 주면, 소작료로 벼 한 섬 값인 15원(지금 돈 약 150만 원)이 들어왔다. 당시 은행 금리는 연 7부여서, 50원에 대한 연간 금리가 3원 50전(지금 돈 약 35만 원)이었다.

그는 수치 감각을 동원했다. 은행 대출로 논 한 마지기를 사서 소작 주었을 때를 가정한 대차대조표를 그려 보았다.

소작료 수입은 앞서 말한 15원이었다. 이 가운데 은행 이자로 3원50전, 세금 1원, 관리비 50전을 제외하고도 논 한 마지기당 10원(지금 돈 약 100만 원) 가량의 순익이 남았다.

그는 당장 식산은행 마산지점에서 융자를 받았다. 융자받은 자금으로 인근 토지를 사들이기 시작했다. 자기 자본 한 푼 없이 순전히 은행 대출을 이용해서 1년여 만에 김해평야의 200만 평이나 되는 광활한 토지를 소유한 대지주가 될 수 있었다. 그리고 가을 추수가 끝나자, 소작료도 한꺼번에 들어와 자금 사정은 더욱 좋아졌다. 순풍에 돛을 단 것만 같았다.

한데 그의 순항은 뜻하지 않은 역사의 암초에 걸리고

말았다. 김해평야의 광활한 토지 사업이 그만 글자 몇 자 때문에 실패작으로 끝났다. 보다 멀찍이 껍질 바깥의 세상까지 미처 다 헤아리지 못한 게 원인이었다.

사태의 발단은 전혀 엉뚱한 데서 터졌다. 김해평야에선 도저히 상상조차 할 수 없는 머나먼 만주 땅에서, '루거우차오蘆溝橋 사건'이 도화선이 되어 중국과 일본 사이에 전쟁(1937)이 발발했다. 전쟁이 나자 조선총독부는 전시체제령을 내렸다. 은행들이 돌연 대출을 중단하고 대출금을 회수하기 시작했다.

은행의 설명은 간단했다. '중일전쟁' 때문이라고 했다. 다른 이유가 없었다.

은행의 요구에 속절없이 따라야 했다. 200만 평에 달하는 광활한 토지는 시가보다 훨씬 싼 헐값에 팔 수밖에 없었다. 정미소와 운송회사까지 남의 손에 넘겨주고 나서야 부채를 모두 청산할 수 있었다. 수중에 남은 거라곤 미처 팔리지 않은 토지 10만여 평과 함께 현금 2만 원(지금 돈 약 20억 원)이 전부였다. 참담했다. 일장춘몽이 따로 없었다.

한순간의 막대한 성공과 허무한 좌절을 동시에 겪게 되면서, 신중한 그의 성격은 더 깊고 더욱 견고해져 갔다. 비로소 경영의 어려움을 깨닫게 되었다고 고백한다. 이 때의 경험이 이후 벌여나가는 사업에 적잖은 영향을 끼쳤음을 자신이 쓴 『호암자전』에서 이렇게 실토하고 있다.

사업은 반드시 시기와 정세를 맞춰야 한다. 이것부터 우선 인식할 일이다. 사업을 벌일 때는 국내외 정세 변동을 정확하게 통찰해야 하며, 과욕을 버리고 자기 능력과 한계를 냉철하게 판단해야 한다. 투기는 절대 피해야 하며, 직관력의 연마를 중시하는 한편 항상 제2, 제3의 대비책을 강구하여 실패라고 판단이 서면 깨끗이 청산하고 다른 길을 택해야 한다는 걸 절감했다….

뼈아픈 실패를 반성하면서 얻은 건 또 있었다. 새로운 가능성을 발견한 것이다. 또 그 같은 가능성의 발견으로 말미암아 젊은 이병철은 비로소 자신의 경영에 대한 자신감을 갖게 된다. '내 방식대로 하니까 할 수 있더라'는 거였다.

예컨대 자본잠식에 빠진 정미소를 자신이 경영을 주
도하게 되면서 흑자로 전환한 거랄지, 전쟁이라는 전혀
뜻하지 않은 변수로 말미암아 은행에서 돌연 대출금을 회
수하는 바람에 공염불이 되고 말았지만 자기자본 없이도
은행 대출로 광활한 토지를 소유할 수 있었던 경험이 그
것이었다.

다시 말해 거듭되는 실패를 통해서 경영의 어려움을
깨닫게 되고, 그 같은 깨달음 속에서 자기만의 어떤 신념
이랄까? 자신만의 철학이 확실히 자리 잡게 되었다는 점
이다. 어느 사이엔가 자신만의 새로운 경영력, 자신이 경
영을 주도하는 이른바 '황제경영'이 신앙처럼 뿌리내리기
시작한 것이다.

또 그처럼 '내 방식대로 하니까 할 수 있더라'라는 식의
황제경영이 시작되면서, 예의 자신만의 강렬한 개성과 냉
혹한 성격이 표출되었거나 더욱 강화되었을 것으로 보인
다. 곧 그 같은 경영의 에토스ethos가 이후 이병철의 숨은
문법으로 구축되었을 것으로 보인다.

사업 탐색을 위해 대륙으로 떠난 기차여행

마산에서 한순간의 막대한 성공과 허무한 좌절을 동시에 겪은 이병철은 실의에 젖을 수밖에 없었다. 아직 30세도 채 안 된 젊은 가슴속에는 만감이 교차했다. 하지만 그대로 물러서기에는 너무도 젊은 청춘이었다. 더구나 실패를 통해서 경영의 어려움을 새삼 깨닫게 되었다지만, 또 그런 깨달음 속에서 남모를 어떤 가능성도 엿보였던 게 사실이다.

오래지 않아 그는 신발 끈을 다시 고쳐 맸다. 새로운 출발을 다짐하는 의미로 기차여행길에 올랐다. 부산역을 출발해서 서울, 원산, 흥남, 평양, 신의주 등 북쪽의 여러 도시를 두루 돌아다녔다. 내친 김에 대륙으로도 향했다.

만주의 창춘, 펑톈 등 여러 도시를 거쳐 중국의 베이징, 칭다오, 남쪽 끄트머리에 자리한 상하이까지 내달리는 머나먼 대륙 기차여행을 한 뒤 돌아왔다.

그의 대륙 기차여행의 목적은 분명했다. 새로운 사업을 찾기 위함이었다. 대구에 새로이 간판을 내걸 '삼성상회'에서 과연 어떤 사업을 벌일 것인가를 탐색하는 데 있었다.

그렇게 떠난 대륙으로의 기차여행은 또 다른 미지였다. 일제의 마수는 벌써 대륙 깊숙이 뻗쳐 있었고, 큰 상권들의 대부분은 이미 일본의 거대자본이 장악하고 있었다.

그렇더라도 기차여행으로 마주한 대륙의 풍경은 미처 생각지 못한 신세계였다. 무엇보다 그의 눈길을 사로잡았던 건 상거래의 규모가 우리하곤 비교가 되지 않을 만큼 엄청나게 크다는 점이었다.

마산에서의 경험을 상기해볼 때 거래 액수가 꽤 크다는 어음이 20만 원(지금 돈 약 200억 원)을 넘지 못했다. 한데 대륙에선 300~400만 원의 어음이 예사로이 오가고 있음을 목격하고 놀라지 않을 수 없었다.

겉으로 보기엔 상점의 규모가 별 대수롭지 않은 중국의 허름한 상점마저도 우리와는 상대가 되지 않았다. 상점의 안쪽에는 하루에도 트럭이 수십 대씩 드나드는 커다란 창고가 몇 개씩이나 서 있었고, 쌓아둔 상품 또한 산더미 같았다.

갖가지 농산물에서부터 공업용 원자재며 식품, 의류 등 상품의 종류도 헤아리기 어려울 정도였다. 그 가운데 어느 한 품목으로 우리와 무역을 한다 하더라도 도저히 감당할 수 없을 것만 같았다.

결국 기나긴 탐색여행 끝에 단안을 내렸다. 청과물을 비롯해서 건어물과 잡화 등의 무역이 상대적으로 적합하다고 보았다.

더욱이 그런 상품들은 일상생활에서 결코 없어서는 안 될 필수품인 데다, 소비까지 늘어 수요가 많을 것으로 점쳐졌다. 하지만 청과물의 세계에 대해 아는 게 일절 없다는 점이 문제였다. 그런 분야의 전문가를 한 사람도 찾아보기 어려웠던 게 당시의 실정이기도 했다.

이윽고 대륙으로 떠난 기나긴 기차여행을 마치고 돌아온 그는 대구에 상점을 열었다. 가슴속 깊이 혼자 다짐하고 주먹을 불끈 쥐었던 결심 그대로였다. 건평이 250평 남짓한 2층 점포를 사들인 후 '주식회사 삼성상회'라는 상호가 쓰인 커다란 간판을 내걸었다. 처음으로 '삼성三星'이라는 상호를 내세웠다. 당시 그의 나이는 28세였다 (1938).

자본금은 마산에서 부채를 청산하고 남은 3만 원(지금 돈 약 30억 원)이 전부였다. 그래도 2년 전에 부친으로부터 토지 자금을 받아 첫 사업을 시작할 때보다 2만 원이 불어난 금액이었다.

그렇게 대구 일대에서 생산되는 청과물을 만주와 중국으로 수출하는 무역업을 시작했다. 나중에는 포항 등지에서 나는 건어물도 수출했다. 마산의 곡물 거래에서 얻은 경험을 살려 청과물의 작황이나 건어물의 어항도 끊임없이 조사해서 보태어나갔다.

그처럼 끊임없이 작황과 어항을 조사하고 유통의 흐름을 살펴나간 보람이 없지 않았다. 급격한 가격의 등락에도 '삼성상회'는 흔들리지 않았다. 거래량도 점차 늘어만 갔다.

그러면서 어느 정도 자금의 여유가 생기자 예의 새로운 투자 대상을 물색했다. 그러다 마산에서의 쓰라린 실패를 다시 하지 않기 위해서라도 판매만을 고집할 것이 아니라 제조를 겸하는 것이 좋겠다는 생각이 들었다.

당시 대구에는 제법 규모가 큰 양조장이 여덟 군데 정도 있었다. 한국인과 일본인이 경영하는 곳이 네 군데씩이었다. 청주의 상권은 일본인이, 막걸리나 민속주는 한국인이 독점한 양상이었다.

한데 때마침 일본인이 경영하던 '조선양조'라는 회사가 매물로 나왔다. 연간 양조량이 7,000석에 달해서 대구에서는 첫째, 둘째를 다툰다는 제법 큰 청주 양조장이었다. 따라서 '조선양조'의 매입가만 하여도 무려 10만 원(지금 돈 약 100억 원)을 호가했다.

이병철은 두말 않고 '조선양조'를 사들였다. '삼성상회'를 창업한 지 불과 1년 뒤의 시점이었다.

시국은 여전히 불안의 연속이었다. 한 치 앞을 내다보

기 어려웠다. 중일전쟁(1937)이 장기화되면서 전시체제가 강화된 채 좀처럼 해소될 기미가 보이지 않았다. 갖가지 통제가 가중되면서 시중 경제는 곤두박질쳤다.

그런 가운데서도 양조업계만은 불경기를 몰랐다. 굳이 시장 개척에 나설 필요를 느끼지 못할 정도로 만들어내기 바쁘게 속속 팔려나갔다. 일제가 세수 확보를 위해 밀주를 철저하게 단속하면서, 양조업계는 가만 앉아서 호황을 누렸다. 그는 어느덧 대구 지역에서 알아주는 굴지의 고액 납세자로 부상해 있었다.

하지만 중일전쟁은 마침내 태평양전쟁(1941)으로까지 확전되었다. 자금, 자재, 설비, 노동력 할 것 없이 모든 건 군수용으로 총동원되었다. 양조업계 또한 예외가 아니었다. 업자가 자유재량으로 판매할 수 있는 건 전체 분량의 고작 5%뿐이었다. 나머지 95%는 모두 군수용으로 납품해야 했다.

그런 가운데 심각한 식량난마저 뒤따랐다. 만주에서 수입한 콩깻묵마저 식량으로 배급되는 형편이었다. 술뿐 아니라 일용품까지 암거래가 성행할 지경에 이르렀다.

한데도 일제는 큰소리만을 쳤다. '성전수행聖戰遂行'에 공헌한다는 일본군, 관료, 또한 연고자들 사이에선 온갖 허울 좋은 구실이 붙은, '특별 배급'이라는 부정부패가 공공연히 자행되었다.

반면에 한국인 기업가나 상인들에겐 찬밥 신세였다. 걸핏하면 공정 가격 준수 방침을 어겼다는 생떼를 부려 경제범으로 구속하는 일이 비일비재했다.

그러나 결국 쌀 배급량마저 줄어들자 사정이 급변했다. 부식인 건어물은 물론 채소류마저 구하기가 어려워졌다. 그쯤 되자 일본인 관료들마저 그에게 도움을 간청해오기 일쑤였다.

전시체제하에선 밀가루나 청과물, 건어물을 취급하는 회사들에 보유 물량의 5%만 자유 판매하는 것을 허용하고 있었다. 그 자유 판매량을 자신에게 나누어 달라는 일본인 관료들의 청탁을 들어주는 대신, 무고한 이웃이나 지인을 경찰서나 감옥에서 여러 명 석방될 수 있도록 한 일도 적지 않았다.

그 무렵 이병철은 대구 북쪽의 왜관 인근에 1만 평 남짓한 과수원을 사들였다. 닥쳐올 식량난에 대비하기 위함이었다. 그런 뒤 '삼성상회'와 '조선양조'의 경영 일체를 관리인에게 맡긴 뒤, 자신은 고향으로 돌아와 집에 들어앉았다.

식민 지배 체제하의 생활은 갈수록 궁핍해져가고, 이른바 '성전 수행'을 외치는 일본인 관료들조차 한국인인 자신에게 곤경을 호소하는 절박한 상황을 직시하면서, 이병철은 그때 이미 일제의 패망을 확신했던 것 같다. 머지않아 도래할 새로운 시대를 맞이하기 위한 칩거에 들어갔다. 그리고 불과 몇 달이 지나지 않아 가슴 벅찬 8·15해방(1945)을 맞이하게 되었다.

2장

삼성이 되다

8·15해방 이후 서울로 진출하다

8·15해방(1945)이 되자 이병철이 돌아온다. 고향에 칩거하던 그가 비로소 자신의 사업장으로 곧장 복귀했다. 한동안 문을 닫았던 '조선양조'의 설비를 확충하고 영업을 재개했다. 그의 높은 운명이 다시금 기지개를 폈다.

청주의 상표를 '월계관'으로 정하고, 영남 일대는 물론 서울에까지 시장을 넓혀나갔다. 해방 직후 공급이 절대적으로 부족한 상황이었기 때문에 '조선양조'의 청주 월계관은 그야말로 날개 돋친 듯이 팔려나갔다.

'삼성상회' 역시 빠르게 안정을 되찾아갔다. 해방 이후 중국이나 북한 쪽의 판로가 막히긴 하였으나 국내 판매는 연일 신장되어 갔다.

하지만 이병철은 뭔가 마음 한구석이 채워지지 않았다. 늘 허기져 있었다. 양조 사업 또한 한계가 뚜렷했다. 무엇인가 새로운 사업을 모색하지 않으면 안 되었다.

고민은 계속되었다. 해방 정국에서는 정치도, 경제도 아직 갈피를 잡지 못했다. 극심한 물자 부족과 살인적인 인플레로 말미암아 국민의 생활은 궁핍하기만 했다. 이같은 궁핍한 시대에 '그저 삼성상회나 월계관 청주만을 지키고 있어야 하는가?' 하는 생각에 회의감이 들었다.

그렇다고 새로이 생산 시설을 갖추려 해도 자본과 기술이 전무한 상태였다. 무엇보다 당시엔 전력 공급 사정이 원활하지 않았다. 단기간에 물자 생산이 확대될 것이라는 전망은 전무했다. 물자 부족 문제에 대처하기 위해선 무역이 시급하다는 결론에 도달했다.

더구나 무역이라면 낯선 영역도 아니었다. 중국과 만주에서 이미 몇 년 동안 경험을 쌓은 터였다. 중국이나 만주에서 다른 나라로 확대해나가는 것쯤으로 여겨도 다르지 않을 것 같았다. 회사 간부들을 불러 모았다.

"우리의 양조업이 오늘과 같이 발달하게 된 것은 우리

가 모두 단결하여 열심히 노력한 덕분입니다. 여러분의 협동과 단결심이 살아있는 한 이 분야에서 경쟁에 지는 일이란 절대로 없을 겁니다. 이 기회에 그동안 축적된 이익을 국가와 사회의 급선무랄 수 있는 새로운 사업에 투자하고 싶습니다. 지금 하고 있는 사업의 경영은 여러분에게 모두 일임할 것입니다."

이병철은 대구 '조선양조'의 경영을 직원들에게 맡긴 뒤, 사업 무대를 서울로 옮긴다. 서울로 올라온 그는 예의 신중한 성격답게 먼저 국제 무역의 동향과 신생 독립국가인 한국의 산업이나 국민 생활에서 가장 먼저 필요한 것이 무엇인지부터 면밀히 살펴나갔다.

이어 이듬해 가을, 종로 2가 화신백화점 옆 영보빌딩 근처에 자리한 2층 건물 100여 평을 임차했다. '삼성물산공사'라는 간판을 내걸고서 무역을 시작했다(1948). 그의 나이 38세였다.

우리나라에서 끌어모은 오징어와 우무寒天 등을 홍콩과 싱가포르 등 동남아에 수출했다. 수입 물품으로는, 수요가 많은 면사綿絲부터 들여왔다.

사업은 이내 확대되어 갔다. 취급한 수입 상품만 해도 철강 등 원자재까지 확대되면서 수백 종에 달했다. 무역 상대국도 미국 등 선진국으로 점차 확장되어 나갔다.

수입한 상품은 일용 잡화와 같은 자질구레한 것이라도 통관되기가 무섭게 도매상으로 넘어갔다. 긴급하게 필요한 상품을 사전에 정확히 예측해서 들여온 결과였다.

당시만 해도 수입 상품의 발주에서 입하까지 2개월 정도 걸렸다. 그 기간을 과연 어떻게 단축시켜 자금 회전을 빠르게 할 수 있는가가 선결 과제였다. 그러기 위해선 유동적인 국내외 시장을 손바닥 들여다보듯 꿰뚫어 볼 수 있어야 했다.

회사 경영의 기본 방침도 분명히 세웠다.

첫째, 일정한 자금의 규모를 정하지 않는다. 사원이면 누구나 응분의 투자를 할 수 있으며, 이익의 배당을 투자액에 비례해서 모두 공평하게 받을 수 있게 한다.

둘째, 사장이나 평사원이나 공존공영의 정신으로 일에 몰두하는 것은 물론 능력에 따른 대우와 신상필벌의 기풍을 확립한다.

셋째, 사원의 생활 안정을 도모하기 위하여 운영에 지장이 없는 범위 내에서 될 수 있는 한 우대해서 가족적 분위기가 항상 유지되도록 한다.

일찍이 '협동정미소'에서 시작하여 '삼성상회'와 '조선양조'를 거치면서 쌓아왔던 학습과 단련이 총동원된 경영이었다. 그 때문에 출범 당시 거의 무명에 가까웠던 '삼성물산공사'는 설립 이듬해부터 곧바로 두각을 나타내었다.

설립 이듬해(1949)부터 500여 업체가 있는 국내 무역업계에서 벌써 랭킹 7위에 오르며 재계의 시선을 한 몸에 받았다. 당시 자본금 275만 원(지금 돈 약 2,750억 원)에 유럽과 아프리카까지 진출해 있던 화신산업을 비롯하여, 거대 무역회사였던 천우사, 동아상사, 대한물산 등과 불과 1년 만에 어깨를 나란히 할 수 있었다. 이때의 소회를 이병철은 『호암자전』에 이렇게 적는다.

사업이란 우연히 이루어지는 것이 아니다. 의욕만으로 되는 것도 아니다. 제아무리 수익성이 높은 사업일지라도 그것을

발전·확장해 나갈 능력이 없다면 성공할 수 없다. 때와 사람, 자금의 3박자가 갖추어지지 않으면 성공을 기약할 수 없다….

처음 사업을 시작하였을 때 자본이 부족해 합자로 시작했던 그가, 순전히 '내 방식대로 하니까 할 수 있더라'는 생각으로 이룬 창업이었다. 협동정미소 → 일출자동차회사 → 200만 평 토지 사업 → 삼성상회 → 조선양조 → 삼성물산공사로 이어지는 창업기였다. 처음의 시작은 미약했으나 정미소를 창업해서 학습하고 단련시켜 토대를 닦은 뒤, 그러한 경험 위에서 조금씩 외연을 넓혀나가 몸집을 착실히 불려나가는 방식이었다. 자신만의 새로운 경영력, 자신이 경영을 주도하는 황제경영의 막이 곧 본격적으로 열리기 시작한 것이다.

전쟁의 혼란 속에 달빛을 밟다

시련은 아직 끝나지 않은 것일까? 전혀 뜻하지 않은 전쟁이었다. 이병철이 대구에서 서울로 무대를 옮겨 본격적으로 국제무역을 개척한 끝에 이제 막 정상에 오를 즈음이었다. 경영의 참뜻과 남모를 희열로 한창 부풀어 있던 1950년 여름, 천둥 벼락처럼 갑자기 일어난 6·25전쟁은 그야말로 하늘이 무너지는 충격이었다. 멀리 해외에까지 촘촘히 벌여놓은 사업은 어떻게 되며, 무엇보다 사람들의 신변 안전은 또 어떻게 될 것인지 모든 것이 불확실한 가운데 전쟁의 기운은 '삼성물산공사'를 한순간 혼란의 도가니 속으로 빠트렸다.

그러나 '일회일기一會一期'라는 옛말이 있다. 일생에

단 한 번의 만남을 뜻한다. 백 년에 딱 한 번, 천 년에 한 차례뿐인 소중한 만남이다. 이 한 번, 이 한순간을 위해 우리는 몇 겁의 생을 기다려왔는지도 모른다.

소동파의 '승천사承天寺 밤나들이'란 산문이 있다.

"겉옷을 벗고 잠자리에 들었는데 달빛이 창문으로 넘어왔다. 기쁨을 주체하지 못해 그만 자리에서 일어났다. 생각해보니 함께 시간을 보낼 이가 딱히 없었다. 이에 승천사로 가 장회민을 찾았다. 그 친구 또한 아직 잠자리에 들지 않고 있었다. 둘이서 함께 뜰을 거닐었다. 뜰 아래에 아주 작은 연못이 있었는데, 물속에 수초가 엇갈려 있는 것 같았다. 대나무와 잣나무의 그림자였다. 하기는 어느 날의 밤중이나 이 같은 달빛이 없었겠는가. 어디인들 대나무와 잣나무가 또 없었겠는가. 다만 우리와 같이 찾는 사람이 없었을 뿐이리라…"

달은 어느 날 밤중이나 떠오르고 진다. 나무 그림자는 어디서나 볼 수가 있다.

하지만 그날 밤 창문으로 넘어온 달빛, 그 달빛에 이끌려 벗을 찾은 발걸음, 뜰 아래 작은 연못에 어린 대나무와 잣나무 그림자, 말없이 바라보던 두 사람이 있었기에 그 달빛의 그림자는 일생에 하나뿐이다. 단 한 번뿐인 것이었다.

그렇다. 모든 만남은 딴은 첫 만남이다. 매 순간순간이 최초의 순간이다. 소동파와 장회민은 그날 밤 그런 경이 속에 서 있었던 것이다.

이병철은 전쟁의 혼란 속에 자신이 이룬 모든 것을 내버린 채 속절없이 피난길에 오를 수밖에 없었다. 그렇게 떠난 피난지에서 어느 날 밤 문득 달빛을 밟게 된다. 하지만 그 달빛은 그냥 달빛이 아니었다. 그가 일생에 처음 밟는 첫 달빛이었다. 단 한 번뿐인 소중한 만남, 마침내 자본을 축적할 수 있는 절호의 기회였다.

전쟁의 혼란 속에 길이 끝나는 곳에서 절망이 아닌, '일회일기'의 길을 스스로 열어나갈 수 있었다. 어렵사리 구한 트럭에 실려 피난 행렬을 따라 대구까지 내려간 이병철은 우선 '조선양조'로 향했다. 사장 김재소, 지배인 이창업, 공장장 김재명 등을 만나 신세를 지게 되었다고 양해를 구했다. 한데 그들의 대답이 천만 뜻밖이었다.

"회장님, 걱정하실 것 없습니다. 3억 원가량이 비축되어 있어요. 이 자금으로 다시 사업을 시작하십시오."

당시 3억 원은 거액이었다. 지금과 비교할 수 없을 만큼 컸다. 한 치 앞을 예측하기 어려운 전쟁의 혼란 속에서 '조선양조'를 굳건히 지켜준 것만으로도 대견한데, 거액을 비축해 두었다니 놀라운 일이었다. 생각지도 못한 거액을 받아든 이병철은 감격해서 그만 목이 메었다.

그는 재기에 나섰다. 피난지 부산의 동광동에서 옛 임직원들과 함께 출자금 3억 원으로 '삼성물산주식회사'를 창립했다.

사업은 급진전을 보였다. 대구와 서울에서 무역업을 했던 경험이 밑돌이었다. 창립 한 해 만에 결산해보니 3억 원의 자본금이 20배인 60억 원으로 늘어나 있었다. 기적과도 같은 성장이었다.

어떻게 된 걸까? 아래는 이병철의 증언이다.

우선 서울에서 무역하던 경험을 살려 피난지에서 공급이 가장 달리는 생필품을 하나하나 조사했더니, 달리지 않은 물자가 하나도 없을 정도였다. 전쟁과 함께 국내 물자가 잿더미가 되고 생산 능력이 마비된 데다, 전시 인플레로 물가가 엄청나게 치솟은 상태였다. 정부로도 관수, 민수할 것 없이 당장 수입을 촉진하지 않을 수 없는 실정이었다. 당시 부산에서의 사업 경쟁이란 다른 게 아니었다. 자금 동원 능력과 기동력 싸움이나 다름없었다. 자금 동원 능력은 우리를 능가하는 상사가 적지 않았을 것이다. 그러나 기동력만큼은 '삼성물산'이 타사의 추종을 불허했었다고 자부한다. 경황없이 1년을 보내고 결산해보니, 3억 원의 밑천이 장부상으로나마 무려 20배 넘게 불어나 있었다….

일찍이 대구에서 '삼성상회' 이래 서울에서의 '삼성물산공사'를 거치면서 학습되고 단련된 결과였다. 일생에 처음 밟는 달빛, 단 한 번뿐인 기회를 결코 놓치지 않았다. 그렇듯 앞을 가로막는 풀을 뽑고 새 길을 열자 이제는 바람을 우러를 수 있을 것 같았다. 또 다른 지평을 바라볼 수 있게 되었다.

이쯤 되자 이병철은 다시금 생각이 깊어졌다. 스스로

택한 사업의 길 위에서 좀 더 의미 있는 일은 없는지 자신에게 묻고 있었다. 단순한 무역업만으론 그의 가슴이 채워지지 않았다. 결국 오래전부터 꿈꾸어 오던 제조업에 투신하겠다는 결의를 굳혀가고 있었다.

'이발사의 교훈'에서 깨달은 장인정신

이병철이 제조업에 투신하겠다는 결의를 다져가기 이전인 1950년 2월이었다. 이병철은 패전의 상흔이 채 가시지 않은 일본 도쿄 방문길에 올랐다. 전택보(천우사), 설경동(대한전선) 등 경제계 인사 15명과 함께였다. 방문 목적은 일본 경제계 시찰이었다. 일본 점령 미군 총사령부 초청에 의한 것이었으나, 실은 한국과의 교역을 통해 경제부흥을 도모하려는 패전국 일본 경제계의 제안으로 이루어진 것이었다.

당시만 해도 해외여행이라는 것 자체가 거의 불가능하던 시절이었다. 더구나 이승만 대통령의 반일감정에는 철저하다 못해 가시가 돋쳐 있었다. 일본과의 교역이나 친선을 서두르는 것은 곧 민족정기에 위배되는 것이라고 믿고 있을 정도였다. 또 그러한 감정은 아직 대다수 국민의 정서이기도 했다. 이병철의 생각 또한 그것과 별반 다르지 않았다.

그렇다고 일본 열도를 태평양 저쪽으로 밀어버릴 수도 없는 노릇이었다. 무역과 같은 경제관계는 그 같은 민족감정으로 치우쳐선 안 될 문제라고 생각했다. 또한 멀지 않은 장래에 일본과의 무역이 다시금 활발해질 것으로 확신했던 이병철은, 이번 기회에 일본 경제계의 실정이며 속살을 될 수 있는 한 깊숙이 살펴보리라 작정하고 떠난 길이었다.

일본 하네다 공항엔 한국 시찰단을 출영 나온 사람들이 도열해 있었다. 그중엔 조선총독부 총무국장이었던 호즈미, 조선신탁회사 사장이었던 다다이를 비롯하여, 마산에서 이병철이 토지 사업을 벌였을 때 안면이 많은 식산은행 마산지점장 히라타 등도 섞여 있었다. 그밖에도 안면이 있던 몇몇 사람이 눈에 띄었다. 그렇게 봐서 그런지 그들에게서 예전의 위세 같은 것은 전혀 찾아볼 수 없었다.

일본의 경제는 생각보다 더 어려워 보였다. 하네다 공항에서 도쿄 중심부에 이르기까지 연도에는 판잣집들만이 즐비할 뿐, 큰 건물이라곤 제대로 남아 있는 것이 없을 정도였다.

태평양전쟁 당시, 일본제국의 중무기를 생산하던 가와사키川崎중공업은 미군의 포격을 얻어맞아 공장 건물의 골격만이 앙상하게 남아 있었다. 내부 시설이라곤 찾아볼 수 없어 폐허나 다를 바가 없었다.

한국 시찰단은 3개월여 동안 일본 각지를 부단히 돌아다녔다. 그러던 어느 날 저녁, 이병철은 가로등조차 꺼진 도쿄의 아카사카赤坂 골목길을 걷고 있다가 이발소 안으로 들어섰다. 허술한 이발소 입구에 모리타森田라는 문패가 붙어있을 뿐이었다. 가위질을 하고 있는 초로의 이발소 주인에게 이병철은 별다른 생각 없이 말을 건넸다.

"이발 일은 언제부터 하셨나요?"

"제가 3대째입니다, 가업이 된 지 이럭저럭 60년쯤 되나 봅니다. 자식놈에게도 이어졌으면 합니다만. 어떨지 아직 모르겠습니다…."

특별한 뜻이 있는 대화는 아니었으나 예사말로 들리지 않았다. 패전으로 완전히 좌절해야 했을 일본인들이건만, 그렇듯 담담하게 대를 이은 외길을 살아가고 있었다. 니뽄도日本刀를 숫돌이 아닌 오직 사람의 엄지와 검지 두 손가락만으로, 그것도 대를 이어 칼을 갈아 날을 세운다는 일본인들의 투철한 장인정신에 이병철은 다시 한번 적잖이 놀랐던 것 같다.

그렇게 일본을 다녀온 이후 뜻하지 않은 6·25전쟁으로 하루아침에 모든 걸 잃고서 부산으로 피난을 떠났던 그는, 피난지 부산에서 '삼성물산주식회사'로 재기에 성공하면서 또 다른 지평을 꿈꾸었다. 한때는 낙동강까지 밀려났던 전쟁도 유엔군의 참전으로 소강 상태에 접어들었다. 판문점에선 연일 휴전 교섭이 진행되었다. 그러한 진척 상황에 마음 졸이면서도 이병철은 마침내 제조업에 투신하기로 결의를 다졌다.

하지만 자신의 구상에 대해 '삼성물산'의 임직원들은 물론이고 관계 당국의 의견 또한 부정적이었다. 그들은 초기 투자 비용이 막대하게 들어가는 제조업을 벌이기엔 아직 전쟁 중인 불안정한 시국, 좀처럼 수습될 기미가 보이지 않는 전시 인플레이션을 이유로 꼽았다. 그 같은 상황에서 자금의 회임 기간이 긴 생산 공장에 막대한 자금을 투입하는 일은 무모하다는 게 그 이유였다.

게다가 공장의 건설과 운영 문제가 제대로 풀린다 하더라도, 거기에서 생산되는 상품의 질이 외국 제품에 턱없이 뒤질 것으로 예상되었다. 그렇게 되면 당장 판로가 걱정이라고 손사래부터 쳤다. 모두가 아직은 시기상조라며 고개를 내젓기 일쑤였다.

그렇대도 이병철의 결의는 바위 같았다. 제조업에 대한 열망을 거두지 않았다.

'그렇다면 대체 어떤 제조업을 할 것인가…?'

신중한 성격의 이병철은 과연 어떤 생산 공장을 지을 것인가부터 결정하기 위해 예의 사전조사에 임했다. 그 결과 제지, 제약, 설탕의 국내 생산 능력이 거의 전무하다는 것을 알게 되었다. 국민 생활이나 산업 활동에 당장 요긴한 중요 물자이면서도 전량 수입에만 의존하고 있는 실정임을 알 수 있었다.

일단 제지, 제약, 설탕 세 가지 업종으로 압축한 이병철은, 일본 유학파답게 일본의 '삼정물산'에 기획과 견적을 의뢰했다. 자신의 높은 운명처럼 유달리 스케일이 컸던 그답게 일본의 선진 사례를 도입해서 일거에 수준을 끌어올리겠다는 계획이었다.

3개월 만에 설탕 공장 건설에 대한 마스터플랜 서류가 먼저 도착했다. 이어 제약 공장과 제지 공장의 건설 계획서가 속속 들어왔다.

이병철은 평소 골똘히 생각에 잠기곤 했지만 자신의 직관력을 더 믿는 편이었다. 하지만 이때만은 더욱더 신중했던 것 같다. 세 개의 계획서를 놓고서 한동안 결단을 쉽게 내리지 못했다고 한다. 세 가지가 모두 당장 요긴한 산업 물자이면서, 수입 대체 효과가 컸기 때문이다. 결국 고심을 거듭한 끝에 마지막 순간에 설탕을 집어 들었다.

조사 자료의 숫자만 갖고선 가부간의 결론이 나지 않는 경우가 많다. 그럴 때 중요한 것이 곧 최고경영자의 직관력이다.

다만 그 직관은 평소 치밀한 계획과 풍부한 경험, 그리고 철저한 자료 조사를 바탕으로 한 것이어야 한다. 최고경영자에게는 그 같은 직관력이 아니라 직관에 따른 통찰을 실천에 옮기는 결단이 있어야 한다는 점이다….

회사명은 '제일제당공업주식회사'로 정했다. '이발사의 교훈'에서 깨달은 투철한 장인정신, 제조업에 투신하더라도 제일第一이 되겠다는 의지가 다분히 묻어나는 사명임을 어렵잖게 짐작케 한다.

'제일제당'이 설립되던 해(1953)의 국내 설탕 수입량은 2만 3,800t에 달했다.

그때까지 수입 의존도가 100%였던 설탕은 '제일제당'의 가동으로 이듬해엔 절반가량인 51%로 크게 낮아졌다. 그 이듬해엔 27%, 1956년에는 불과 7%까지 떨어졌다. 수입을 국내 생산으로 대체하자는 당초 목표를 3년 만에 달성한 셈이다.

'제일제당'은 수요 증대에 따라 시설을 계속 확장해 나갔다. 원가 절감을 위해 최신 시설도 도입했다.

하나의 문을 열고 나가자 그다음의 문은 첫 문을 열 때의 경험치가 바탕이 되었다. 첫 문을 열 때가 어렵지 그다음의 문은 훨씬 수월했다.

자신감을 얻으면서 '제일제당'을 설립한 이듬해에 '제일모직주식회사'와 '대한정당판매주식회사'를 잇달아 설립했다. 다시 3년 뒤에는 '제일제당'에 제분 공장까지 세워 (1957) 소맥분 생산을 추가하면서 기간식품, 가공식품을 생산하는 식품 메이커로서의 발판을 구축했다.

이때 이병철은 '삼성물산', '조선양조', '제일제당', '제일모직', '대한정당판매' 등 5개의 계열사를 거느리며 벌써 재계의 정상에 우뚝 올라섰다. 그의 나이가 어느덧 40대 중반으로 들어선 시점이었다.

시중 은행 인수로 '금융삼성'을 꿈꾸다

기업가란 시대에 따라 그 정의가 매번 달라지는 것일까? 달라진다면 시대가 그처럼 요청해서일까? 아니면 기업가가 그렇듯 달라져야 했던 것일까?

1960년대 기업가의 정의는 '공장을 건설하는 이권을 따내어 은행에서 대출을 잘 받는 사람'이었다. 당시 유행했던 말이 그랬다. 그만큼 정치권력의 입김이 당시 경제계에 거세게 불었다는 얘기다.

대표적인 사건이 이른바 시중市中 은행의 민영화였다. 시중 은행들이 민영화로 줄줄이 재벌 손에 넘어가는 초유의 사태가 발생한 것이다.

이는 일찍이 대한제국의 황실과 한성의 조선 상인들

이 협력하여 조선은행을 탄생(1896)시키면서 금융의 새로운 지평을 연 이래 처음 있는 사건일뿐더러, 시중의 은행들이 재벌 손에 지배당한 것 또한 이때가 처음이었다.

물론 저간의 사정이 전혀 없었던 건 아니다. 이승만 정권은 출범 초기부터 '한국은행'과 더불어 은행법을 제정하면서 진즉부터 금융 자율화를 추진하고자 했다. 더구나 앞서 6·25전쟁(1950)을 치르면서 물가와 시중 금리가 걷잡을 수 없을 만큼 뛰어오른 터였다. 정부로서는 발등에 떨어진 불부터 끄기 위해서라도 당장 긴축정책을 펴나가지 않으면 안 되었기 때문에 은행 대출을 규제하는 것 외에는 딱히 다른 방도가 없었다.

하지만 은행 대출을 제한하자 이번에는 은행들이 문제였다. 일제강점기에 일본인 기업에 대출해주었던 수십억에 달하는 거액을 모조리 떼이면서, 자기자본이 턱없이 부족해진 시중 은행들은 그동안 예금 동원을 통한 대출로 겨우 연명해오고 있었다. 한데 정부의 대출 제한 규제로 말미암아 영업이익이 감소하자 당장 견딜 수가 없게 되었다. 저마다 심각한 경영난에 봉착케 된 것이다.

방법은 있었다. 은행의 민영화였다. 정부가 출자하는 은행 증자로 은행의 몸집을 불리는 것이었다.

그러자 전후 복구에 막대한 지원을 아끼지 않고 있던 미국이 제동을 걸고 나섰다. 이제 남은 방법이라곤 한 가지뿐이었다. 금융의 민주화, 곧 시중 은행의 민영화에 일제히 힘이 실리기 시작한 것이다.

하지만 다른 시각도 없지만은 않았다. 그것은 어디까지나 표면상의 이유일 뿐, 진짜 속내는 정작 따로 있었다는 것이다. 당시 이승만 정권은 친여 성향의 그룹들에 은행을 주축으로 하는 근대적 기업집단, 곧 콘체른koncern을 형성하게 하여, 영구 집권을 가능케 하는 세력 기반으로 이용하려 했다는 지적이 그것이다.

하기는 그룹이라고 하면 생산업체와 무역상사, 여기에다 금융을 한데 묶는 콘체른 형태의 독점자본을 일컫는다. 한데 이때의 그룹은 그룹을 형성하는 데 있어 금융이 빠져있었기 때문에 기반이 취약한 상태였다. 그래서 이승만 정권은 정부가 귀속재산 상태로 보유하고 있던 은행

주식을 불하하여 그룹의 기초를 다지게 하고, 나아가 영구 집권을 위한 돈줄까지 확보하려 했다는 것이다.

아무렇든 당시 시중 은행의 민영화 사냥에 뛰어든 예비 그룹은 '제일제당'의 이병철, '조선방직'의 정재호, '대한방직'의 설경동, '대한제분'의 이한원, '조선제분'의 윤석준, '대한양회'의 이정림, '조선맥주'의 민덕기 등이었다. 당시 다섯 손가락 안에 든다는 재계의 영수들이 죄다 출사표를 던지고 나섰다.

먼저 저축은행(지금의 SC제일은행)의 입찰에서 정재호, 윤석준, 설경동, 강일우 등이 나섰다. 결과는 윤석준의 승리였다. 윤석준이 주당 3만 3,232환의 최고 가격을 써내면서 저축은행을 낙찰받았다. 게임이 그렇게 끝나는가 싶었다.

한데 어떻게 영문인지 윤석준은 미적거리기만 했다. 한 해가 다 지나도록 매수 계약을 체결하지 못한 채 눈치만 보고 있었다. 겉으로는 30억 환에 이르는 막대한 자금 부담 때문인 것처럼 보였으나, 실은 부통령 이기붕과 밀착되어 있는 입찰 4순위 정재호에게 저축은행 낙찰권을 넘기라는 정부의 외압이 그치지 않았던 것이다.

정부의 이유는 이랬다. 한 사람이 두 개 이상의 귀속재산을 갖는 것은 곤란하다는 거였다. 윤석준에게는 이미 '조선제분'의 귀속재산이 넘어가 있는 만큼 저축은행은 포기하라고 종용했다. 그런 논리는 은행 입찰사냥에 나선 어느 누구도 자유로울 수가 없는 생떼였다.

그러자 재무부 장관 인태식과 전 재무부 이재국장 이열모가 조정에 나섰다. 저축은행을 그만 단념하고 조흥은행(지금의 신한은행)으로 눈길을 돌리는 것이 좋겠다고 권했다. 더 이상 버티지 못한 윤석준은 조흥은행의 낙찰자였으나, 경영 위기에 빠진 '조선맥주'의 민덕기로부터 조흥은행 주식 5만 2,000주를 매입하면서 일단락되었다.

결국 저축은행은 입찰자 가운데 가장 낮은 주당 2만 7,610환을 써낸 정재호의 수중에 넘어갔다. 하지만 정재호도 미적대긴 마찬가지였다. 턱없이 낮은 그 가격에도 인수 자금이 모자랐다. 그러자 저축은행 인수에 미련을

버리지 못한 윤석준이 인수 주식을 절반씩 나눠가져 공동으로 운영하자고 제안하였으나 정재호는 단호히 뿌리쳤다. 부족한 인수 자금은 저축은행 매수를 전제로 8억 환의 특별 융자를 받아내어 간단히 해결하는 남다른 수완을 뽐냈다.

반면에 윤석준은 다시 한번 땅을 쳐야 했다. 저축은행에 이어 이번에는 조흥은행마저 다시금 내놓지 않으면 안 되었다. 저축은행을 단념하는 조건으로 '조선맥주'의 민덕기로부터 조흥은행 주식을 넘겨받았음에도 정작 임자는 따로 정해져 있었다. 권력의 중심이 이미 이병철에게로 기울어져 있었던 것이다.

아니나 다를까. 얼마 뒤 이병철은 조흥은행 주식 55%를 매입하면서 경영권을 장악하였다. 다 잡은 저축은행을 정재호에게 빼앗기고 만 윤석준은 이번에도 속절없이 조흥은행조차 이병철에게 그냥 넘겨주지 않으면 안 되었다.

물론 윤석준 역시 아무런 투자(?) 없이 은행을 거저 차지할 생각은 아니었던 것 같다. 그 역시 적잖은 돈을 여기

저기 물 쓰듯 뿌리고 다녔던 게 사실이다. 재무부 장관 김현철이라는 제법 그럴싸한 줄도 잡고 있었다. 하지만 뛰는 놈 위에서 나는 놈 앞에서는 어쩔 도리가 없었다.

결국 윤석준은 이때의 낭패가 화근이 되어 시름시름 앓다가 '조선제분'마저 몰락해가는 가운데 2년 뒤 그만 세상을 뜨고 말았다. 은행을 인수하여 자식들에게 넘기겠다는 그의 꿈은 끝내 수포로 돌아가고 말았던 것이다.

이처럼 온갖 의혹이 난무하고 말썽이 일어나는 것은 뒤이어 진행된 흥업은행(지금의 우리은행)이나 조흥은행, 상업은행(지금의 우리은행과 합병)의 불하 과정 또한 다르지 않았기 때문이다. 공정한 입찰 결과가 존중되기보다는 권력 실세의 의중에 따라 은행의 소유권이 왔다 갔다 하는 정치권력 간의 진흙탕 싸움이 되고 말았다.

흥업은행의 경우 설경동, 윤석준, 정재호, 강일우, 이병철 등 무려 18명이 나서 치열한 경합을 벌였다. 한데 이번에는 주관 부서인 재무부가 아예 노골적으로 총대를 멨다. 그러면서 주당 4,400환을 써낸 1위와 3,300환을 써낸

2위를 제쳐둔 채 응찰 가격 3위에 그친 이병철이 흥업은
행의 주식 83%에 해당하는 36만 3,500주를 차지하여 경영
권을 가지게 되었다.

이때 이병철이 써낸 응찰 가격은 고작 2,866환에 불과
했다. 하지만 재무부는 1, 2위 응찰자의 매입 희망 주식 수
가 각각 50주와 100주인 점을 문제 삼았다. '시중 은행의
주식을 대량으로 매각하는 데 역량 있는 기업가가 불하받
아야 한다'는 방침을 내세워 이병철의 손을 들어주었다.
훗날 그는 『호암자전』에서 당시 상황을 이렇게 회고했다.

1, 2위 응찰자의 행위는 다른 응찰자에 대한 짓궂은 행동
으로밖에 생각할 수 없었다. 은행주가 분산되면 금융시장의 정
비를 기할 수 없으므로 한데 묶어서 불하하려는 것이 정부의 의
도인 것 같았다. …입찰 가격 2위인 주당 3,300환으로 사주기
를 바란다는 정부의 요청이 있어 낙찰에서 빠진 잔여 주까지 합
해서 그 가격으로 인수하게 되었다. 총액 11억 9,000만 환 상
당의 규모였다.

조흥은행의 경우는 이미 입찰하기 전부터 새 은행주가 정해진 것처럼 보였다. 호남은행과 동래은행을 차례대로 합병시켜 몸집을 더욱 불리면서 일제 말까지 유일하게 살아남은 한국계 은행이었던 민대식의 동일은행은, 그러나 이후에도 살아남기 위해 합병을 계속해야 했다. 그리하여 다시금 대구은행을 합병시키면서 조흥은행이 되었다. 그런 만큼 조흥은행의 새 은행주는 양대 주주인 동일은행계의 민씨 집안 아니면, 대구은행계의 정씨 집안 가운데 어느 한쪽으로 판가름 날 것 같았다.

입찰 당시만 하여도 동일은행계의 민씨 집안은 '조선맥주'의 민덕기와 최대의 부동산 기업인 영보합명회사의 민병도 등의 지분을 합쳐 전체 지분의 40%가 넘는 7만 8,000주를 보유하면서, 정씨 집안이 보유한 4만 6,000주를 크게 앞질렀다. 한데 민씨 집안은 이러한 우세를 끝까지 지켜내지 못했다. 민덕기의 '조선맥주'가 자금 압박 때문에 그만 경영 위기에 놓여 있었던 것이다.

결국 민덕기는 '조선맥주'를 살리기 위해서 자신이 보

유한 조흥은행 주식을 매각하지 않으면 안 되었다. 다 잡은 저축은행을 정재호에게 빼앗긴 뒤 재무부 장관 인태식 등의 권유에 따라 조흥은행 인수에 뛰어든 윤석준에게 주당 8,000환이라는 헐값에 5만 7,000주를 넘기고 말았다. 이제 조흥은행의 새 은행주는 민씨 집안이 아닌 윤석준과 정씨 집안 중에서 판가름 나게 되었다. 아니 경쟁자인 정씨 집안을 간단히 따돌리고 윤석준이 차지할 것이 유력해 보였다.

그러나 앞서 얘기한 대로 윤석준은 조흥은행마저 차지하지 못했다. 조흥은행의 새 주인은 그도 정씨 집안도 아닌 전혀 새로운 인물에게 돌아갔다. 말할 나위도 없이 권력의 의중은 그들이 아니었던 것이다.

김칫국부터 마시고 있던 윤석준은 얼마 뒤 이병철이 등장하여 조흥은행 주식 55%를 사들이면서 경영권을 장악하는 것을 속절없이 지켜볼 수밖에 없었다. 이번에도 그는 뛰는 놈 위에 나는 놈이 있다는 현실을 뼈저리게 절감하면서 조흥은행의 인수전마저 손을 놓아야 했다.

마지막으로 남은 건 상업은행이었다. 상업은행 또한

당초에는 이한원이 유력한 것으로 점쳐졌었다. 상업은행의 대주주였던 그가 '합동증권' 사장 진영득을 내세워 낙찰권을 간단히 선점하는가 싶었다.

하지만 세간의 예상은 여지없이 빗나갔다. 강력한 경쟁자인 설경동을 당장 물리치지 않으면 안 되었다.

더구나 설경동은 이승만 정권의 자유당 재정부장을 지낸 정계의 실력자였다. 시간이 흐를수록 상업은행은 이한원에서 설경동 쪽으로 기울어갔다. 정부가 재력 부족이라는 이유를 들어 최고 낙찰자인 진영득이 아닌 설경동에게 상업은행을 넘겨주려 한 것이다.

한데 그때 하필이면 내각이 갈렸다. 인태식 장관이 물러나고 김현철 장관으로 교체되면서 상업은행의 새 은행주 찾기에도 변수가 생겼다. 원래의 낙찰 결과대로 진영득에게 낙찰권이 돌아가 이한원이 최대 주주가 될 수 있었다.

그러나 겉으로 보기와 달리 이한원은 상업은행의 경영권을 독점 지배하지 못했다. 홍업은행의 상업은행 지분이 33%나 되었기 때문이다. 따라서 홍업은행의 최대

주주인 이병철의 영향력이 더 클 수밖에 없었다. 이병철은 이같이 저축은행, 흥업은행, 조흥은행, 상업은행 등 4대 시중 은행 가운데 정재호가 차지한 저축은행을 제외한 3개 은행을 사실상 소유하게 되었다.

이처럼 이승만의 자유당 말기에 시중 은행의 민영화에는 재계 유력자들이 모두 나섰으나, 끝내 이병철과 정재호에게 돌아갔다. 저축은행은 정재호에게, 흥업은행, 조흥은행, 상업은행은 이병철의 품에 안겼다.

그리하여 '조선방직'의 정재호는 이른바 제조업체와 무역상사, 여기에 저축은행을 한데 묶을 수 있었다. 삼성의 이병철 역시 흥업은행·조흥은행·상업은행을 한데 묶으면서 이른바 콘체른 형태의 독점 자본, 곧 기업집단의 그룹으로 발돋움할 수 있었다. 우리 기업 역사상 처음으로 이병철의 삼성그룹과 정재호의 삼호그룹이 탄생케 된 것이다.

하지만 멈추지 않는 바람이 세상에 또 있을까? 소망하던 은행을 손에 넣으면서 마침내 경쟁자들을 물리치고 그룹으로 발돋움할 수 있었던 정재호와 이병철은 승리감을 맛볼 수 있었다. 하지만 곧바로 이어진 4·19혁명으로 말미암아 이승만의 자유당 정권이 붕괴되면서 둘의 꿈 또한 무너지고 말았다.

더욱이 이듬해 5·16쿠데타로 권력을 잡은 육군 소장 박정희에 의해 자유당 시절의 부정 축재자로 내몰리기에 이르렀다. 그러면서 삼호그룹의 정재호는 아무 소리도 하지 못한 채 저축은행과 함께 3억 5,000만 환의 벌과금을 내놓을 수밖에 없었다. 뒤늦게 박정희 군사정권에 줄을 대기 위해 안간힘을 다했으나 실패한 데 이어, 경제 개발 과정에서조차 소외되면서 정재호의 삼호그룹은 서서히 몰락의 길을 걸어야만 했다.

삼성그룹 이병철의 처지 또한 별반 다르지 않았다. 자유당 시절의 부정 축재자로 지목된 재계의 영수 11명 가운데 제1호로 지목되었던 이병철 역시 군사쿠데타의 주역인 박정희 소장을 면담한 뒤 입장을 밝히지 않으면 안되었다. 흥업은행, 조흥은행, 상업은행은 물론 부정 축재자 전체 추징 벌과금 378억 환 가운데 27%에 해당하는 103억 400만 환을 강제로 환수당한 뒤에야 풀려날 수 있었다. 이병철은 '금융삼성'을 세우려는 공든 탑이 한순간에 무너져 내리는 좌절을 맛봐야만 했다.

물론 이병철의 꿈은 이후에도 굴하지 않았다. 그는 동양방송(TBC), 동화백화점(지금의 신세계백화점), 미풍산업, 대구대학교, 중앙일보, 성균관대학교, 중앙개발, 고려병원, 새한제지, 안양컨트리클럽 등을 연이어 계열사로 편입시키는 한편, 또한 경제인연합회(전경련) 초대 회장으로 추대되면서 재계 정상의 자리를 한 번도 내주지 않았다.

더욱더 큰 백년대계의 꿈 삼성전자

'금융삼성'을 이루려는 꿈이 좌절되고 마는 곤욕을 치르면서, 이병철이 더욱더 큰 백년대계의 꿈으로 전자산업을 벌여보겠다며 본격적으로 나선 건 1968년에 이르러서였다. 그해 초 전자사업 부서가 신설되어 회장 비서실의 한쪽 구석에 자리 잡기 시작했는데, 4월경엔 전자산업이 가장 유망한 산업이라는 결론이 나왔다.

그렇잖아도 전자산업에 큰 관심을 보여 왔던 이병철은 그런 결론을 보고받은 후 마침내 결심을 굳힌다. 6월쯤엔 일본 아사히신문과의 대담에서 '전자공업은 앞으로의 성장 분야이므로 이에 도전해볼 생각'이라는 자신의 뜻을 분명히 밝혔다.

그러나 문제는 높기만 한 기술 장벽이었다. 그때나 지금이나 텔레비전, 세탁기, 냉장고와 같은 전자산업은 무엇보다 기술력이 중요한 첨단산업이었다. 그 같은 첨단기술이 우리에겐 턱없이 부족했다.

그때만 해도 전자과학 분야의 전문가라고 해봤자 미국에서 활동하고 있던 김완희 박사 한 명 정도만 겨우 거론할 수 있을 정도였다. 그러므로 삼성전자뿐 아니라 다른 여러 기관에서도 김 박사를 초청해서 자문을 하고, 세미나를 개최하는 등 여러 가지 도움을 구하곤 했다.

하지만 김 박사는 학자일 따름이었다. 전자과학을 상품화하는 전문가는 아니었다.

저간의 사정이 이러하자 기술 제휴선을 일본에서 다시 찾아봐야 했다. 당시 일본은 1952년에 이미 텔레비전 생산 메이커가 60개 회사에 달할 정도였다. 1955년부터는 가전 중에서도 텔레비전, 세탁기, 냉장고가 가정마다 급속히 보급된 데 이어, 이병철이 전자산업을 해보겠다고 결심을 밝힌 1960년대에는 이른바 '3C'로 일컫는 컬러 텔레비전color-TV·에어컨cooler·자동차car가 내구 소비재로 보급되고 있을 만큼 세계 최고 수준을 자랑하는 전자산업 강국이었다.

그만큼 콧대도 셀 수밖에 없었다. 그런 점을 감안하여 백방으로 물색한 끝에 겨우 합작 의사를 나타낸 대상 기업이 일본의 NEC일본전기와 산요전기三洋電氣였다.

거기에도 문제가 있긴 했다. 애당초 '삼성전자'를 설립하면서 일본의 NEC와 산요가 함께 투자하도록 계획을 세워두었던 것 같다.

한데 이 계획은 NEC 측의 강력한 반발로 무산되고 말았다. 당시 NEC는 일본에서 산업용 전자제품을 생산하면서, 고도의 첨단제품을 만든다는 자부심이 대단했다. 그런 자신들이 산요처럼 트랜지스터라디오나 텔레비전 따위를 만드는 메이커와는 함께할 수 없다고 으름장을 놓은 것이다.

이병철도 NEC의 자부심에 대해 익히 알고는 있었다. 특히 NEC의 사장은 자신과 격이 맞지 않는 사람과는 아예 만나주지도 않는다는, 일본인 특유의 외골수 기질이 누구보다 강하다는 것도 이미 알고 있는 터였다.

당장 묘수를 찾아야 했다. 이병철이 참석한 전자산업 관련 회의가 빈번히 열렸다. 한번은 회의 도중에 당시 삼성그룹 부사장으로서 '삼성전자' 창설에 깊이 관여했던, 이병철의 장남 이맹희가 분통을 터뜨렸다. 자신이 일본으로 건너가 NEC 사장을 직접 만나 담판을 지어서라도 어려운 문제를 해결하겠다고 나섰다. 그러자 이병철이 고개를 가로저으며 만류했다.

"가지 마라. 니가 가도 만나주지도 않는다."

결국 회사를 3개로 쪼개어 만들기로 했다. '삼성전자'와 '삼성산요' 그리고 '삼성NEC'가 바로 그것이다. 이는 콧대 높은 일본 NEC로부터 기술 제휴를 맺기 위한 고육책이었다.

그렇게 '삼성NEC'는 1970년 1월에 설립되어 '삼성전관'에서 다시 '삼성SDI'로 상호를 변경해 지금에 이르고 있다. 1973년 8월에 설립된 '삼성산요파츠'는 이후 상호를 '삼성전기'로 바꾸어 지금에 이르고 있다.

그러나 정작 '삼성전자'가 출범하기까지는 아직 첩첩산중이었다. NEC, 산요와 같은 일본 선진 기업들과 합작을 하고 기술제휴 계약을 맺기까지에는 도처에 암초가 도사리고 있었다.

NEC는 삼성과 합작에 관한 상담을 벌이는 도중 돌연 정치 문제를 들고 나왔다. 한국은 정정이 불안하니 문제점이 많다고 지적했다. 당시 1·21사태를 두고 하는 말이었다. 1·21사태란 1968년 1월 21일 북한 특수공작원 31명이 박정희를 암살하기 위해 휴전선을 넘어 청와대 바로 뒤쪽인 세검정 고개까지 잠입하여 소란을 피운 사건이다.

NEC 측은 대만이 안정되고 있으니, 대만 기업과 합작하는 것이 오히려 낫지 않겠느냐는 발언까지 덧붙였다. 물론 이 같은 발언은 꼭이 삼성과 합작하지 않으려는 것보다는, 결국 합작으로 가되 유리한 고지를 선점하겠다는 숨은 전략이 담긴 발언이었다. 이병철이 다음과 같이 반박하는 논리를 폈다.

"당신들의 지적은 명백히 옳다. 지난 1월에 북한 특수공작원들이 내려와 조금 소란을 피웠다. 불과 30여 명이 잠시 소란을 피운 것이다. 그러나 당신네 나라를 한번 보

라. 도쿄 시내에는 몇 만 명이나 되는 공산분자들이 매일같이 데모를 하고 있지 않은가. 또한 대만만 해도 그렇다. 350만 명이 넘는 중국군이 호시탐탐 노리고 있고, 대만 영토인 금문도에는 심심하면 포격을 가하고 있다. 자, 과연 세 나라 가운데 어느 나라가 안정된 나라인가?"

그러나 문제는 기술을 얻어 와야 하는 일본에만 있지 않았다. 국내에서의 반발 역시 거셌다.

'삼성전자'가 출범하려던 시기, 우리나라 전자산업의 연간 전체 수출액은 4,200만 달러 수준이었다. 그나마 한국의 값싼 노동 임금을 활용한 미국계 기업들의 전자부품(주로 반도체 조립) 조립 수출이 70%를 차지하고 있었을 정도로 국내 전자산업의 기반은 형편없었다.

이런 처지에 삼성이 전자산업에 진출한다고 하자 큰 위협을 느낀 기존 업체들이 가만있질 않았다. 같은 해 6월 한국전자공업협동조합의 명의로 대정부 건의서를 제출하는 한편, 언론매체를 통해서도 강경한 반대 주장을 펼쳤다.

삼성그룹이 추진하고 있는 합작 투자 사업은 일본 부품을 도입해 단순히 조립하는 것에 지나지 않는다. 우리가 지금까지 애써 국산 기술을 여기까지 끌어올려 놓았는데, 지금에 와서 일본 기술과 일본 자본을 도입한다면 국내 기술은 설 땅을 잃게 된다. 그러므로 삼성의 합작 투자를 절대 허용해서는 안 된다….

정부는 이보다 앞서 전자부품 생산을 수출전략 사업으로 육성하기 위해 합작 투자와 기술 도입을 권장한다는 '전자공업 진흥 8개년 기본 계획'을 확정·발표한 바 있었다. 그럼에도 '삼성전자'의 참여를 반대하는 업계의 강력한 반발에 부딪히자 합작 회사의 설립 허가를 차일피일 미루기만 했다.

그러다 정부가 기존 업계의 주장을 받아들이면서 조건을 붙이고 나섰다. 생산하는 제품의 전량을 해외에 수출한다는 불리한 족쇄를 채워 '삼성전자'의 전자산업 진출을 허가해 주었다.

이 같은 산통 끝에 전자업계의 후발 주자로 어렵게

출범하긴 하였으나, '삼성전자'의 생산시설은 보잘것없었다. 용인 근교의 허허벌판 위에 퀸셋 가건물 4동과 식당, 그리고 5백 평 남짓한 단층짜리 공장이 고작이었다. 공장 주변은 붉은 황무지였으며, 농로를 겨우 면한 듯한 왕복 2차선의 비포장도로가 외부 세계로 이어지는 유일한 통로였다.

전망 또한 낙관하기 어려워 캄캄했다. 전량을 해외에 수출해야 한다는 발목에 채워진 족쇄를 과연 어떻게 풀어나갈지 의문이었다. 일본의 합작 기술로 이제 막 걸음마를 시작한 '삼성전자'가, 과연 어떻게 독자 기술을 개발하여 세계의 높은 첨단기술 장벽을 넘을 수 있을지 아무도 장담할 수 없었다.

과연 '삼성전자'는 살아남을 수 있을지. 발목에 채워진 무거운 족쇄를 풀어내고 자유로이 비상할 수 있을지. 주위에선 모두가 회의적인 반응을 보였다. 절대 불가능하다고 고개를 내저었다. 외줄 위에 홀로 서야 하는 불안하기 짝이 없는 출범이었다. 지금으로부터 꼭이 55년 전인, 1969년 1월 13일 '삼성전자'는 그렇게 탄생할 수 있었다.

앞선 기술력만이 삼성이 살 길이다

　흔히 사람의 진면목은 위태로움에 처했을 때 그대로 드러난다고 한다. 실제 밀폐된 공간에서 다수에 에워싸여 목숨마저 위협받는 순간이라면 본디 그 사람이 지니고 있는 모습을 고스란히 볼 수 있진 않을까? 흔히 TV 사극을 시청하고 있노라면 그런 막다른 장면을 종종 보게 된다. 최후의 순간에 이르게 되었을 때 비로소 그 사람의 진짜 모습을 보게 되고는 한다.

　이른바 '1980년의 봄'은 이병철에게 그런 불행한 시기였다. 정권이 뒤집혀질 때마다 그랬던 것처럼 이른바 전두환의 신군부도 만만하게만 보이는 재계를 손보고 요리할 필요를 느꼈다. 기업의 통폐합이라는, 말 같지도 않는 강제 조치를 단행하고 나섰다.

당연한 것처럼 이병철은 여기에 표적이 된다. 모 기관으로 조용히 불려가 기업의 통폐합에 따른 양자택일을 강요받았다.

당시의 험악한 사회 분위기 속에서 많은 기업인이 비인간적인 수모와 모멸감을 온몸으로 겪어야 했던 건 이미 널리 알려진 사실이다. 더구나 그때 생때같은 기업을 강탈당한 기업인들 가운데는 그로 인한 후유증으로 말미암아 지병을 얻어 끝내 일찍 세상을 하직한 이마저 없지 않았다.

한데 이런 정치적 문제를 들여다보기에 앞서 이상한 점 한 가지가 먼저 눈에 들어온다. 말을 타면 달리고 싶고, 경제적 여유가 생기면 권력을 쥐고 명예를 얻으려 하는 것이 인간의 본성이다.

하지만 이병철의 삼성가에는 왠지 그 같은 본성, 정치권력이 일절 보이지 않는다. 여느 그룹과 달리 왠지 이병철의 삼성은 정치하고 멀어 보이기조차 하다. 다른 그룹이 정치권력에 너무 시달린 나머지, 혹은 정치권력으로부터 그룹을 지켜내기 위해서 등 이런저런 이유를 들어 정치의 날개를 다는 것과는 다르게 이병철의 삼성가만은 유독 그런 낌새조차 찾아보기 어려운 게 사실이다.

하다못해 영원한 숙적이자 라이벌이라는 현대에서조차 창업주 정주영이 한때 통일국민당을 창당하여 대통령 선거에서 전국을 한바탕 녹색 물결로 물들인 적이 있었는데도 말이다. 그의 아들 정몽준은 무려 7선選 의원이 되었고, 대선 때마다 유력한 대통령 후보로 거론되지 않았던가.

그렇게 보면 이병철의 형제나 아들 딸, 사위 중에서는 금배지 하나 정도는 충분히 나올 법도 하다. 하지만 눈을 씻고 보아도 삼성가에선 전연 찾아볼 수가 없다. 이병철의 삼성가는 천하가 다 알아주는 돈과 조직, 탄탄한 지역 연고까지 가지고 있어 마음만 먹는다면 얼마든지 정치의 날개를 달 수 있었을 텐데도 말이다.

딴은 이병철이 정치에 발을 내딛었던 적이 딱 한 번 있기는 했다. 그의 젊은 시절 고향 의령에서 집권당의 공천이 유력시되었다. 그때 출마만 했더라면 당선은 따놓은 당상이나 다름없었다. 더구나 그의 당선은 꽤 오랫동안 계속되었을 것이라는 게 정계나 언론계의 중론이다.

그러나 이병철은 끝내 집권당의 공천을 받지 않았다. 이유는 간단했다. 비록 집권당과 인연을 맺기는 하였으나, 정계에 투신할 뜻은 전혀 없었기 때문이다. 단지 집권당의 영수였던 이승만과 부친 사이의 인연이 있었을 따름이다.

그의 부친과 이승만은 한때 독립운동을 함께한 사이였다. 그런 인연으로 8·15해방 직후 국내 정치 기반이 상대적으로 취약했던 이승만이 자유당을 창당할 때 젊은 이병철에게 출마를 권유했는데, 그는 과거 부친과의 인연도 있고 해서 차마 뿌리치지 못한 채 단지 이름 석 자만을 당적에 걸쳐놓고 있었다.

한데 단지 이름 석 자만을 당적에 걸쳐놓았을 뿐인 이 단 한 번의 정치 참여로 말미암아 훗날 이병철은 엄청난 곤욕을 치른다. 자신은 물론이고 삼성왕국의 운명마저 바꾸어 놓게 된다. 앞서 얘기한 시중 은행 인수였다.

그 후 4·19혁명으로 자유당 정권이 무너지고 야당인

민주당이 정권을 잡게 된다. 민주당은 국민의 기대 정서에 부응하기 위해서라도 어떤 가시적인 조치를 내놓아야 했다. 그 가운데 하나가 이른바 부정 축재자 척결이었다. 하지만 이 조치에 대한 저항도 만만치 않았다. 법률 전문가들 사이에서도 시장경제의 자본주의 사회에서 탈세범은 존재할 수 있어도 부정 축재자라는 용어 자체에 모순이 있다는 주장을 하는 이들도 있었다.

그같이 부정 축재자에 대한 시비가 오가고 있는 사이, 이듬해 5월 민주당 정권이 다시 무너졌다. 육군 소장 박정희의 군사정권이 역사의 전면에 등장한 것이다.

박정희의 군사정권은 민주당과 마찬가지였다. 재계를 희생양으로 지목하고 나섰다. 이병철을 부정 축재자 1호로 낙인찍으면서 '(이승만)정부와 결탁하고 시중 은행을 특혜 인수했다'는 이유를 들었다.

그는 억울했다. 특혜로 인수했다면 상당한 이익이 발생했을 텐데, 내막을 들여다보면 전혀 그렇지 않았다. 그럼에도 서슬 퍼런 군사정권에 의해 부정 축재자 제1호로 낙인찍히고 만 이상 어쩔 도리가 없었다. 이병철의 삼성은 그야말로 바람 앞에 선 촛불과도 같은 위기에 처한 것이다.

돌이켜보면 일찍이 마산에서의 협동정미소를 시작으로, 사반세기에 걸쳐 혼신의 힘을 다해 이뤄놓은 기업집단이었다. 그런 삼성왕국이 바람 앞에 선 촛불과도 같은 운명에 놓이고 말았으니 심정이 어떠했을지 짐작이 간다. 기업가는 정치와 직접 인연을 맺어서는 안 된다는 결심이 이때 그의 경영이념으로 자리 잡게 되는 순간이기도 했다. 이는 이후 이병철의 기업 경영에도 중대한 영향을 미치게 되었다.

예컨대 정부를 대상으로 파는 물건, 곧 시중 판매 상품이 아닌 제조업체가 정부에 납품하는 관수품官需品을 일컬었다. 이후 이병철은 이런 관수품에 손을 대거나 눈길을 준 적이 일절 없었다. 누워서 떡먹기라며 기업마다 손을 대려고 안달하였을 때에도 그만은 처음부터 정부를 끼고 팔겠다는 생각으로 만든 상품을 찾아보기 어려웠다.

1960년대 후반에서 1970년대 중반까지는 전화기 수요가 폭발적으로 증가한 시기였다. 정부가 통신망 확장

사업을 의욕적으로 추진하면서 전화기가 불타나게 팔려 나갔다. 당시만 해도 전화 가입자는 전화기를 전화국에서 임차해 사용하는 형식으로 공급받고 있던 때라, 시중 판매가 아닌 제조업체가 정부에 납품하는 관수품 성격이었다.

더욱이 국내 업체의 전화가 공급이 수요를 따르지 못하고 있던 터였다. 따라서 일부는 외국에서 들여와야 했기에 정부는 국내 전자업계에 전화기 생산 설비 확장을 종용하고 있는 실정이었다.

이병철의 '삼성전자' 또한 예외가 아니었다. 정부가 나서 전화기 생산을 종용했다. 땅 짚고 헤엄치기가 따로 없었다.

그는 요지부동이었다. 정부를 끼고 파는 상품은 일절 만들지 않는다는 원칙을 끝내 고수했다.

'기아자동차'의 인수 건이 불거졌을 때만 해도 다르지 않았다. '기아자동차'가 경영 부실로 도산 위기에 처했을 무렵이다. 당시 통치자는 그에게 '기아자동차'를 인수하라는 제의를 반강압적으로 요구했다. 그러나 이병철은 통치자의 제의를 끝까지 거부했다. 신병 치료를 구실로 일본에 장기간 머물면서 결국 귀국하지 않았다.

물론 그가 창업보다 기업 인수나 합병을 선호했던 건 사실이다. 하지만 기업을 인수할 때에도 그만의 원칙이 분명했다. 정부가 출자한 정부 소유 기업이거나, 정부가 개입한 기업 인수에 대해선 예의 '철벽의 금기'를 지켜나 갔다.

한데 그렇게 피하고 싶었던 정치권력과의 악연은 1980년대에 들어 또다시 이어지고 만다. 전두환의 신군 부가 비상계엄령으로 단숨에 국회를 해산시킨 뒤 철권을 휘두르고 나섰다.

'동양방송(TBC)'과 '중앙일보' 두 언론사를 소유하고 있던 그 또한 예외가 아니었다. 신군부는 '동양방송'을 국영 방송인 KBS에 통합하여 신군부를 대변하는 도구로 삼고 자 했다. 이병철 역시 다른 기업가들과 마찬가지로 어느 날 밤 은밀히 모 기관으로 불려갔다.

말로만 듣던 모 기관의 수사관들이 지하 수사실에서 신문사와 방송사 둘 가운데 하나를 내놓으라고 닦아세웠다. 비인간적인 수모와 모멸감을 넘어 험악한 분위기에 생명의 위태로움마저 느꼈다.

그는 결국 버티다 못해 포기 각서에 도장을 찍은 뒤 풀려날 수 있었다. 서소문에 자리한 '중앙일보' 사옥 3층에 있는 회장실로 돌아와 참모들에게 이렇게 말했다.

"일보는 아이데이. 히기 단디이 해래이."

요컨대 '중앙일보'는 빼앗기지 않아 살아남았다는 뜻이고, '동양방송'은 KBS에 넘겨주더라도 각종 방송 장비며 시설 등에 대한 자산 가치를 정확하게 계산하라는 의미였다. 비록 강압적인 분위기 속에서 언론사 둘 가운데 하나를 강탈당하고 말았지만, 그런 상황 속에서도 냉철함을 잃지 않고 나름대로 계산을 가진 채 대처했음을 알 수 있게 해주는 대목이다.

정치에 일절 참여하지 않는다는 그의 '철벽의 금기'는 이후에도 줄곧 지켜졌다. 아니 시간의 흐름에 따라 종래에는 '철벽의 금기'가 육화·체질화되기에 이른다. 체질화된 이후부터 그의 경영이념은 물론이고, 향후 진로에까지 심대한 영향을 미쳤다. 이른바 삼성의 에토스, 묘사描寫 따위를 형성하는 데 결정적 초석이 되었다고 말할 수 있게 된 것이다.

그리하여 이병철과 삼성에 유난히 기술을 강조하도록 만들었다. 정치권력에 직접 참여하지 않는다고 선언한 이상 딴은 다른 길이란 없었다. 이제 남은 거라곤 오직 치열한 경쟁 속에서 스스로 살아남을 수 있는 기술뿐이라고 믿었다. '기술만이 살 길'이라는데 선택의 여지란 있을 수 없었다.

이처럼 이병철과 삼성은 누구보다 일찍부터 기술의 가치에 눈을 뜨게 된다. 어느 누구도 따라올 수 없는 첨단 기술만이 스스로 살아남을 수 있는 유일한 길임을 본능처럼 깨닫게 되었다는 것이다.

하기는 기술에 대한 절실한 인식은 일찍이 삼성왕국의 시작점인 1953년까지 거슬러 올라간다. 8·15해방 이후 국내에 최초로 건설된 현대식 대규모 제조 시설이라는 '제일제당' 공장을 건설할 때 이미 시작되었다고 볼 수 있다. '제일제당'의 설립은 애당초 사업 결정 과정에서도 우여곡절이 많았지만, 공장을 건설할 때는 더욱 심해져 곳곳에 난관이 있었다.

일본 '삼정물산'을 통해서 '전중기계田中機械'의 플랜트를 도입하기로 결정하였고 이에 따라 기계류가 부산항에 도착했는데, 또 그만 문제가 발생했다. 당시 대통령인 이승만의 배일 정책 때문에 플랜트를 조립하고 시운전하는 데 필요한 일본인 기술자를 단 한 명도 입국시킬 수가 없었다. 이는 미처 생각지 못한 사태였다.

그렇다고 지금처럼 국제전화 사정이 좋은 것도 아니었다. 수화기를 돌리고 교환수를 통해 가까스로 통화를 하기는 했으나, 바다 건너 소리가 통 들리지가 않았다. 매일 아침이면 국제전화로 일본의 기술자들에게 어려운 전문 기술 용어를 배워가며 기계 조립법을 터득해 나가자니 복장이 터졌다.

게다가 원심분리기와 결정관 플랜트 본체를 제외한 기계는 열외였다. 외화 절약이라는 차원에서 전국의 고철을 뒤져가며 순전히 우리 손으로 일일이 만들어가지 않으면 안 되었다.

그러면서 웃지 못할 광경도 벌어졌다. 갖은 고생 끝에 공장 건설을 끝낸 뒤 드디어 기계를 시운전하던 날, 그만 예기치 않은 일이 벌어졌다. 원심분리기가 크게 요동치면서 균형이 잡히지 않았던 것이다.

당장 기계를 멈추어야 했다. 설비 전체를 재점검해보았으나, 이상이 있을만한 곳을 찾지 못했다. 밤낮으로 문제점을 찾았지만 뾰족한 수가 없었다.

그렇게 사흘째 되던 날이었다. 원심분리기 옆을 지나던 용접공이, 지나가는 말처럼 '혹시 원당原糖을 한꺼번에 너무 많이 집어넣어서 그런 게 아닌지 모르겠다'고 투덜댔다. 물에 빠진 사람은 지푸라기도 잡는 법이다. 한낱 용접공의 푸념이었지만 흘려들을 수만 없어 그 소리에 따랐다. 원당을 조금씩 넣었더니, 과연 원심분리기 안에서 순백의 설탕이 순탄하게 줄줄 쏟아져 나왔다. 이병철은 너무 기뻐서 사흘이 지난 이날을 '제일제당'의 창립일로 삼았다.

이처럼 첫 공장의 설립이라는 힘든 과정에서부터 그는 기술 정보나 기술 인력의 확보가 현대산업에 얼마나 중대한 역할을 차지하는지 절감하기 시작했다. 아울러 기술의 혁신을 이루기 위해서는 기술 도입이 선행되어야 한다고 믿었던 것 같다.

이러한 믿음은 결코 자체적인 기술 개발의 중요성을 미처 인식하지 못했기 때문이 아니었다. 기초 과학이나 자체 개발 역량이 크게 뒤져 있는 당시 국내 실정에서 이상적인 면만을 강조하기보다는, 일본의 예에서 볼 수 있는 것처럼 먼저 선진 기술을 도입해서 최대한 활용하여 실력을 쌓고, 이를 바탕으로 다시금 신기술 개발에 힘을 쏟는 것이 더욱 효율적인 해법일 수 있다고 확신했다.

요컨대 지구촌에서 무한한 기술력을 가진 미국만이 원천 기술의 보유국이긴 하지만, 그 아래 단계의 기술을 들여와 최대로 활용한 일본을 본보기로 삼자는 거였다. 실제로 그 같은 방법을 통해서 일본은 점차 힘을 길러내는 데 성공했고, 그 힘을 바탕으로 점차 자체 기술력을 높여온 것 또한 사실이었다. 따라서 우리 역시 자체 기술 개발인가, 아니면 기술 도입인가를 두고 어느 쪽이 빠를 것인지 숙고해보자는 취지였다.

하지만 그랬던 이병철도 1980년대에 들어서자 생각이 바뀌게 된다. 첨단산업이 날로 확대되고 기술 경쟁이 가속되면서, 기술 장벽이 하루가 다르게 높아져가자 다급해졌다. 무게 중심이 기술 도입 쪽에서 자체적인 기술 개발 쪽으로 옮겨지면서 부쩍 높은 관심을 보이며 적극성을 띠게 된다.

이 무렵 그는 노벨상을 수상할 만한 지구촌 최고 수준의 연구소 설립을 갈망했다. 그룹 각사의 연구소가 제품 개량·신제품 개발·공정 개선 등 제품 관련 기술에 중점을 둔 것에 반해, 그룹 차원의 힘을 한데 모아 장기간이 소요되는 기초과학 기술과 미래가 유망한 첨단 제품을 개발하는 데 역점을 두자고 한 것이다.

그 같은 취지에서 '삼성종합기술원'이 설립되었다 (1986). 그가 타계하기 바로 한 해 전이었다. 이병철이 마지막으로 집념을 쏟아부은 결과였다.

그렇다 하더라도 정치에 직접 참여하지 않는다는 그의 생각의 결정판은 결국 전자산업으로의 진출을 꼽지 않을 수 없다. 말할 나위도 없이 '삼성전자'는 한참이나 뒤

늦게 출발한 새까만 후발주자였다. 일찍이 1958년에 '금성사(LG전자)'가, 이듬해에는 '동양정밀', '대한전선', '동남샤프' 등이 잇따라 전자산업을 먼저 시작했다. 그러므로 앞서 살펴본 것처럼 여러모로 불리한 제재가 따를 수밖에 없었다.

그럼에도 불구하고 그가 전자산업에 끝내 승부수를 던져야 했던 건 정치권력에 직접 참여치 않는다는, 따라서 '첨단기술만이 살 길'이라는 철벽의 금기 때문이었음이 분명했다. 이것이 곧 지금의 '삼성전자'를 탄생케 한 숨은 비화이기도 하다.

'산업의 쌀' 반도체를 눈여겨보다

1980년대 전두환의 신군부로부터 다시금 깊은 상처를 받았음에도 이병철은 자신의 길을 묵묵히 간다. 오래전의 속다짐에 따라 끝내 정치를 외면한다. 대신 그는 '이기기 위한 길'로 자신의 높은 운명에 충실했다. 더욱 높은 수준의 첨단기술을 눈여겨 본 것이다.

그가 반도체에 대한 관심을 나타내기 시작한 시기는 1980년대였다. 선발 기업인 '아남산업'이 반도체 사업을 시작한 지 10여 년이 지난 시점이었다.

사실 진통 끝에 후발 주자로 어렵게 출범한(1969) '삼성전자'는 불과 10여 년 만인 1978년에 세계 최대 기록을 달성했다. 흑백TV 200만 대 생산으로 일본의 마쓰시타松

下전기를 앞지르며 산업계에 돌풍을 일으켰다.

문제는 양보다 질에 있었다. 대량 생산한 제품의 수출은 한계에 부딪힐 수밖에 없었고, 국내 수요도 공급을 따라갈 정도가 아니어서 재고가 쌓여만 갔다. 구형 모델은 누적된 재고를 정리하기 위해 덤핑으로 밀어냈다. 이마저도 한계에 달하자 심지어 계열사 임직원들에게 장기 할부로 떠맡기기까지 했다. '삼성전자'의 경영난은 그만큼 심각했다.

그럴 즈음이었다. 재계에 이상한 소문 하나가 떠돌았다. 반도체에 대한 소문이었는데, 작은 제품인데도 트렁크 하나 분량이 무려 100만 달러나 호가한다는 거였다.

1차 산업 제품인 광산물을 한 배 가득 선적해도 고작 수십만 달러가 될까 말까 한데, '산업의 쌀'에 대한 소문이 끊이지 않자 재계 인사들이 너도나도 반도체에 관심을 나타냈다. 일부에선 미국까지 건너가 시장 조사를 타진해보려 했지만, 미국 기업에서 상대도 해주지 않아 외화만 낭비한 채 돌아왔다는 풍문까지 무성했다.

이병철은 '삼성전자' 사장 강진구를 태평로 삼성본관

회장 집무실로 불렀다. 그에게 이렇게 물었다.

"반도체는 대체 종류가 몇 가지나 되는 기야? 이기 말하는 사람마다 다 달라서 도시 종잡을 수가 있어야지."

그 또한 이미 반도체 공부를 시작했다는 방증이다. 강사장은 이렇게 대답한다.

"회장님, 그건 사람이 몇 종류나 되느냐고 물으시는 거나 마찬가지인 질문입니다. 세상 사람들을 남자와 여자라는 성별로 구분할 수도 있겠고, 황인종이냐 백인종이냐 하는 식으로 인종으로 나눌 수도 있을 것이며, 또한 나이로도 나눠볼 수가 있을 것입니다. 반도체도 마찬가지로 가지가지라서 어떻게 구분하여 보느냐에 따라 그 종류와 수가 크게 달라지는 겁니다. 따라서 한마디로 몇 종류라고 말씀드리기 어려운 문젭니다."

이병철은 더는 입을 열지 않았다. 하지만 끝내 의문이 해소되지 않았던 건지 훗날 일본에 가서도 똑같은 질문을 하게 된다. 맨 처음 '반도체'라는 번역어를 만들어낸 것으로도 유명한 일본 반도체 연구의 1인자로 알려진 산켄전기産研電氣 회장 오타니 다이묘 박사에게 물은 것이다. 오타니 박사는 이렇게 답했다.

"이 회장님, 저는 평생토록 반도체를 연구해 왔지만, 아직도 반도체를 완전히 이해한다고 말할 수 없습니다. 그러니 반도체는 젊은 사람들에게 맡기십시오."

오타니 박사와 산켄전기의 기술부장이었던 덴다 쇼이치 박사는 이병철과 오랫동안 친분이 있었다. 그는 그들에게 반도체에 대해 많은 조언을 구했던 것으로 전해지고 있다.

그밖에도 다수의 반도체 관련 학자들과 기업가들로부터 조언을 구했다. 특히 전후戰後 요시다 시게루 정권에서 경제부흥 계획을 입안한 사람들 중의 한 사람이자 후지화학 회장인 이나바 슈조 박사의 조언이 결정적이었다. 그에 따르면 1차 오일쇼크(1973) 이후 일본의 산업 구조가 반도체, 컴퓨터, 신소재, 광통신, 우주개발 등으로 전환 개편되어 가고 있다고 했다. 그중에서도 반도체와 신소재 분야가 가장 유망하다는 말에 힌트를 얻었던 것으로 믿어진다.

이병철은 일본에서 돌아오자마자 다시금 '삼성전자' 사장 강진구를 집무실로 불렀다.

"요즘 반도체가 중요하다고들 하는데, 우리도 이미 반도체를 하고 있지 않은가?"

그랬다. 삼성은 그때 이미 반도체 사업을 벌인 상태였다. 몇 해 전에 적자 기업을 떠안다시피 인수한 '한국반도체'가 바로 그것이었다.

"그런데 와 우리 것은 잘 안 되노? 잘 안 된다는 건 이익이 안 난다는 것인데, 이익은 제쳐 놓더라도 어째서 팍팍 크지 못하고 있노?"

강 사장은 송구스럽다는 듯이 자세를 낮추며 일본 산요전기의 예를 들었다.

"산요전기의 경우 세계 도처에 있는 기술 제휴선과 자사의 반도체 수요량을 합치면 벌써 상당한 수요가 됩니다. 가전제품용 반도체만 가지고도 이익을 올릴 수가 있습니다. 그러나 우리의 경우 가전에 필요한 각종 반도체를 개발해야 하는데, 투자비에 비해 수요량이 적으니. 이익을 볼 수가 없는 구조입니다. 요약하면 반도체의 문제는 곧 수량이라는 것입니다. 하나를 개발하더라도 월 수십만 개, 수백만 개를 생산할 정도로 시장이 있어야만 비로소 클 수 있는데, 지금 삼성의 전자산업만으로는 그 규모를 충족할 수 없으니 그런 제품을 별도로 검토해봐야 하겠습니다."

다음 순간 이병철의 눈빛이 강 사장의 얼굴에 날카롭게 꽂혔다.

"하나를 개발해서 그렇게 많이 팔 수 있는 제품이 있것나?"

"기술이 다소 어렵긴 하지만, 기억소자(메모리)와 계산소자(정보처리)는 세계가 공통 규격입니다. 따라서 시장 또한 규모가 대단히 큽니다. 수요는 얼마든지 있다고 볼 수 있습니다."

강 사장의 설명을 들은 그는 잠시 골똘히 생각하는 것 같았다.

"…강 사장도 연구해보게."

딴은 그 무렵 메모리반도체 시장의 판도는 미국과 일

126

본, 그리고 유럽의 몇 개 기업이 세계 시장에서 각축전을 벌이고 있었다. 경쟁이 너무 살벌하다 못해 공급과잉마저 우려되는 실정이었다.

한데도 장래가 유망한 사업이라는 데 이견이 따로 없었다. 따라서 당장 생사를 걸어야 할 것만 같은 분위기였다.

그리고 얼마 뒤 이병철은 미국으로 건너간다(1982). 1970년대 이미 두 차례에 걸쳐 오일쇼크를 겪으면서 불황에 적절히 대처하지 못한 미국 산업계의 위축된 모습은 일본 산업계와는 무척 대조적이었다. 일본이 재빠르게 하이테크에 주력하여 이른바 중후장대重厚長大의 산업 구조를 경박단소輕薄短小 지향으로 전환하여 성공한 것과는 뚜렷이 대비되는 풍경이었다.

이병철은 미국 방문을 마치고 돌아오자마자 결심이라도 한 듯 그간의 반도체 사업에 대한 논의를 전면적으로 재평가하라고 지시했다. 곧바로 전담 팀이 꾸려졌다. 전담 팀에선 지난 8년 동안의 '한국반도체' 사업을 분석하여

향후 추진할 사업에 대한 보고서를 내놓았다.

보고서를 받아본 이병철은 기존의 '한국반도체'의 반도체 사업과는 별도의 신규 사업으로 추진하되, 세계의 공통 규격인 메모리 반도체를 중심으로 하는 사업 계획을 다시 작성해오도록 지시했다. 지금까지 가전용 LSI(대규모 직접회로)를 겨우 제조하고 있는 수준에서, 그보다 몇 배나 높은 수준의 첨단기술이 필요한 VLSI(초대규모 직접회로)의 개발 계획을 수립하라는 엄명이었다. 청천벽력이었다.

더구나 메모리 반도체라고 해도 거기에는 다시 D램과 S램, 마스크 롬, EP 롬 등으로 분류되고 있었다. 이 가운데 과연 어느 것을 선택할 것인지도 곧 생사가 갈리는 첨예한 문제였다. 처음 한동안에는 가격 경쟁이 치열하게 벌어지고 있는 D램을 피해 S램으로 하자는 쪽으로 기울어지기도 했다.

만일 그때 S램 결정으로 끝내 굳어지고 말았더라면 지금의 '삼성전자'는 존재하지 않았을지도 모른다. 실로 아찔한 순간이 아닐 수 없었다.

한데 막판에 가서 '신의 한 수'를 두었다. 우선 S램은 시장 규모가 D램의 25~30%밖엔 되지 않았다. 더욱이 지금까지의 경험으로 미뤄볼 때 비록 가격 경쟁이 치열하고 공급 과잉이 예상된다 하더라도, 시장 규모가 큰 쪽으로 도전해볼 필요성이 있다는 쪽으로 분위기가 급선회했다. 결국 D램이 유리하다는 결론에 도달하게 되었다.

물론 그 같은 결론에 도달하기까진 쉬운 일이 아니었다. 그뿐 아니라 메모리사업을 과연 어떻게 추진할 것이냐 하는 실행 문제 또한 여전히 장벽으로 남은 상태였다.

1983년 2월 초, 이병철은 일본 도쿄의 오쿠라大倉호텔에 머물고 있었다. 몹시 피곤함에 전, 해쓱해진 얼굴에 깊은 번뇌로 입술마저 부르튼 채였다. 깐깐하고 깔끔하기로 소문난 삼성왕국의 총수로는 도무지 어울리지 않는 보기 드문 모습이었다.

그는 창문 너머 어두운 야경 속으로 눈길을 가져갔다. 벌써 며칠째 밤잠을 이루지 못해 눈빛이 초췌해져 있었다. 생애의 마지막 미션을 두고 장고에 장고를 거듭했다. 심각하게 갈등하고 또 번뇌했다. 자신이 내리게 될 판단에 따라 삼성왕국의 미래가 결정될 것이기 때문이었다.

'과연 해야 할 것인가…, 하지 말아야 할 것인가…?'

이날 밤도 꼬박 지새운 그는, 이튿날 날이 밝아오자 마침내 수화기를 집어 들었다. 서울로 거는 국제전화였다.

같은 시각, '삼성전자' 사장 강진구는 '중앙일보' 회장 홍진기의 방에 앉아 담소 중이었다. 그때 전화벨 소리가 울렸다. 일본에 체류 중인 이병철로부터 걸려온 국제전화였다.

"아, 네에, 회장님…."

전화를 받은 홍 회장의 표정에서 강 사장은 무언가 중대한 대화가 오가고 있음을 느꼈다. 대화의 주된 내용은 주로 반도체에 관한 것이었다. 통화를 끝낸 홍 회장이 강 사장에게 말했다.

"이 회장께서 말씀하시길, 누가 뭐래도 삼성은 반도체를 할 테니. 이 사실을 내외에 공포해 달라고 하시는군요."

당시 강 사장은 차기 신규 사업을 신중히 물색하고 있다는 사실을 간접적으로 전해 듣고 있었다. 그 때문에 그룹의 차기 주력사업으로 반도체 사업이 선정되었다는 것을 직감으로 알아차릴 수 있었다.

이병철의 깐깐한 질문과 꼼꼼한 메모, 끊임없는 탐구는 무척 유명했다. '모르는 것이 부끄러운 것이 아니라 모르면서 그냥 넘어가는 게 부끄러운 것'이라는 지론을 가진 그는, 자신이 이해할 수 있을 때까지 질문하고, 기록하며, 탐구했다.

같은 시기에 그는 팀장급인 최준명(훗날 삼성재팬 대표)에게 "램이 뭐냐?"라는 말을 시작으로 많은 질문을 하기도 했다. 신규 사업을 벌일 때 90개 항목에 달하는 사업성 검토서를 매뉴얼로 정착시킨 이도 다름 아닌 그룹 회장인 이병철이었다.

그런 그가 삼성왕국을 이끌 땐 일 년이면 절반 정도는 으레 일본에 머문 것도 딴은 그런 연장선상이었다. 매년 연말이면 일본으로 건너가 그곳에서 신년을 보낸 다음, 1월 중순쯤이면 귀국하는 것도 연례행사였다.

그는 일본에 머물 때 여러 방송 채널들이 기획한 특별 프로그램들을 유심히 살피고는 했다. 한 해 동안의 경제

동향에 관한 결산과 신년의 전망에 대해 일본의 저명한 석학이나 저널리스트들이 참여하는 좌담이나, 그런 기획의 특별 프로그램들을 놓치지 않았다.

그런 다음 신년 하례가 끝날 즈음이 되면 마침내 움직였다. 일본 재계의 동향에 정통하고 나름대로 일가견이 있다고 알려진 경제 전문기자들을 점심식사나 저녁식사에 초대해서 심도 있는 대화를 나눴다. 여러 사람을 한꺼번에 부르는 것이 아니라 한 사람씩 따로 만나 지난해 업적이 우수했던 업종과 그 요인 그리고 신년의 전망까지 꼼꼼히 묻고 경청했다. 전문기자들은 표면에 나타난 숫자나 일반적으로 알려진 정보뿐 아니라, 실제 상황까지 소상히 꿰고 있어 그 원인을 설명 듣는 데 더할 나위가 없었다.

또 그처럼 경제 전문기자들을 통해 일본 경제의 큰 흐름을 파악하고 나면 이젠 다른 그룹을 찾았다. 이번에는 흥미 있는 분야를 골라 관련 대학 교수 등 저명한 학자들을 만났다.

그가 만나는 학자들은 이론에만 밝은 것이 아니라, 재

계의 동향까지도 꿰뚫는 전문가들이었다. 물론 그들 역시 경제 전문기자들을 만났을 때와 같은 절차를 밟기 마련이었다.

그런 다음엔 일본 재계에서 이름난 유명 기업가들을 초청했다. 이병철은 일본 재계에도 발이 두루 넓어 친분이 두터운 유명 기업가가 적지 않았다.

그들을 만나서도 경제 전문기자들과 저명한 학자들을 만났을 때와 같은 질문과 경청의 순서를 밟게 된다. 기업가들이란 그들 나름의 견해가 있기 마련이고, 또한 구체적인 데다 누구보다 현장성에 강점이 있기 때문에 그가 빼놓지 않고 마련하곤 했던 자리였다.

이렇게 일본에서 삼성왕국에 도입할 새로운 시스템이나 관리 기법, 비전을 찾아냈고, 이를 그룹 비서실에 지시하여 접목해 나갔다. 새로운 사업을 시작할 경우라면 절차와 과정이 한층 더 철저했다. 확신이 설 때까지 거듭 확인했다.

그와 같은 일련의 순서를 모두 마치게 되면 마침내 귀국을 앞두게 되는데, 그는 마지막으로 꼭 도쿄 시내의 대형 서점을 찾고는 했다. 대형 서점을 찾아 참고가 될 만한 책들을 몇 아름씩 골라 사가지고 돌아왔다.

귀국하면 그는 일본에서 직접 작성한 유망 업종 리스트 및 자료들을 그룹 비서실에 전한 뒤, 사업의 타당성 따위를 검토해서 보고하라고 지시했다. 이렇게 해서 선정된 신규 업종이 곧 보험업계의 진출이었다. 연이어 제지, 합섬, 매스컴, 전자, 중공업, 석유화학 등이 모두 그런 과정을 거쳐 시작된 신규 사업들이었다.

한편 이병철로부터 국제전화를 받은 '중앙일보' 회장 홍진기는 서둘러 자리에서 일어났다. 이어 며칠이 지나지 않은 3월 15일, '우리는 왜 반도체 사업을 해야 하는가'라는 제목의 선언문을 삼성그룹 이름으로 신문 지면에 발표했다.

우리나라는 인구가 많고 좁은 국토의 4분의 3이 산지로 덮여 있는 데다 석유, 우라늄 같이 필요한 천연자원 역시 거의 없는 형편이다. 다행히 우리에게는 교육 수준이 높으며 근면하고 성실한 인적 자원이 풍부하여 그동안 이 인적 자원을 이용한 저가품의 대량 수출 정책으로 고도성장을 해왔다. 그러나 세계 각국의 장기적인 불황과 보호무역주의의 강화로 대량 수출에 의한 국력 신장도 이제는 그 한계에 이르게 되었다.

이러한 상황 아래에서 삼성은 자원이 거의 없는 우리의 자연적 조건에 적합하면서 부가가치가 높고 고도의 기술이 필요한 제품을 개발해야 했다. 그것만이 현재의 어려움을 타개하고 제2의 도약을 기할 수 있는 유일한 길이라고 확신하여 첨단 반도체산업을 적극 추진키로 했다. 반도체산업은 그 자체로서도 성장성이 클 뿐 아니라 타 산업으로의 파급 효과도 지대하고 기술 집약적인 고부가가치 산업이다. 이러한 반도체산업을 우리 민족 특유의 강인한 정신력과 창조성을 바탕으로 추진하고자 한다….

하지만 지난 반세기가 넘는 동안 수많은 사업을 벌여오면서 남달리 탁월한 혜안과 예민한 감각으로 불패의 신화를 쌓아온 이병철이었으나, 이번만은 달랐다. 반도체 사업은 지금까지 국내 시장에서 서로 경쟁하고 공략하던 패턴에서 벗어나, 처음으로 지구촌 전체를 상대로 경쟁하고 공략해야 했다. 당시 상황으로 볼 때 우리 기업의 수준에선 너무나 높은 장벽이었다.

반도체 사업에는 무엇보다 선진국과의 극심한 기술 격차, 막대한 자금 마련, 고도의 기술 두뇌 확보, 짧은 라이프 사이클로 인한 높은 위험성 등의 과제가 있었기에 기존에 삼성왕국이 벌이던 사업과 비교해보았을 때 도박이 아닐 수 없었다. 아니 불가능에 가까운 맹목적 도전으로 밖엔 비쳐지지 않았다.

그런 만큼 섣불리 반도체 사업에 뛰어들었다가 자칫 수렁에라도 빠지는 날엔 삼성왕국 전체가 뿌리째 흔들릴 수 있었다. 지난 반세기여 동안 공들여 쌓아놓은 탑이 한순간에 무너질 수도 있었다. 그가 도쿄에서 며칠 밤을 뜬 눈으로 지새우며 고뇌했던 것도 그런 이유에서였다.

그러나 주사위는 던져졌다. 접시의 물은 이미 엎질러진 뒤였다. 이제는 되돌아갈 수 없었다. 이제부터는 한 순간, 한 걸음마다 곧 삼성왕국의 운명이 될 수밖엔 없었다.

이병철의 '삼성전자'는 과연 국내 시장을 넘어 세계시장에서 자웅을 겨루는 제국으로 도약할 것인지. 그렇다면 그 묘수는 도대체 무엇인지 궁금했다.

생애 마지막 순간까지 명운을 건 반도체

이병철은 새로운 첨단기술과 제품을 드라이브하는 '삼성전자'를 이끌었다. 운명과 흥망을 건 건곤일척의 승부수였다. 그리고 마침내 지구촌에서 가장 강력한 반도체 기업으로 낸드플래시 메모리 분야에서 세계 1위의 자리에 올라섰다(2002). 신규 사업으로 반도체 도전을 선언하고 나선 지 19년여 만이었다. 실로 모두를 놀라게 한 집념에 찬 개가가 아닐 수 없었다.

하나의 문을 열자 그다음의 문은 처음의 문보다 좀 더 수월했다. 세계 정상에 오른 걸 자축하는 축배를 미처 들겨를도 없이 또다시 새로운 기술을 계속 개발하고 집적도를 높여 이태 뒤에는 바야흐로 모바일혁명을 이끌 퓨전 메모리 원낸드를 세계 최초로 개발하였다(2004). 다시 이태 뒤에는 CTF 기술을 토대로 40나노 32기가 낸드플래시 메모리를 내놓았다(2006). 모두가 이 분야에서 세계 1위를 기록하는 놀라운 기술 성과였다.

하지만 19년 전 그가 처음 왕국의 미래 주력 사업으로 반도체 사업에 진출하겠다고 선언했을 때만 하여도 모두가 회의적이었다. 손을 내밀어 잡아주는 우호 세력이라곤 그 어디서도 찾아볼 수 없었다. 그땐 미국과 일본이 태평양을 사이에 두고 살벌한 '반도체전쟁'이 날로 가속되어 가던 중이었다.

이에 따라 철저한 기술보호주의가 어느 때보다 강화된 시점이었다. 바늘 구멍 하나도 비집고 들어갈 틈이 없었다. 메모리 사업이라는 게 첨단기술을 도입하지 않고서는 단 한 발짝도 앞으로 나아갈 수 없는데, 당장 그런 첨단기술을 왕국과 공유할 기업은 지구촌 어디에서도 찾아볼 수 없었다.

이병철과 '삼성전자' 경영진의 고민이 깊어졌다. 몇 날 며칠을 고심한 끝에 궁여지책으로 한 가지 아이디어를 떠올렸다. "팔은 안으로 굽는다"라는 우리 속담에서 찾아낸 '어떤 실마리'였다.

'그래, 미국으로 가보자. 우린 예부터 동방예의지국이면서 또한 동방인재지국東方人才之國이었으니 미국에는 우리에게 잘 알려져 있지 않은 한국인 과학자들이 분명 있을 것이다.'

그런 인재들 가운데 미국에서 전자공학을 전공해 박사학위까지 받았으나, 국내에서 자신의 역량을 발휘할 만한 곳을 찾지 못해 부득이 미국에 주저앉아 연구소나 기업에서 연구 활동을 하고 있는 이가 틀림없이 있을 것이다. 그런 고급 두뇌를 한곳에 모아 반도체를 연구개발케한 다음, 그렇게 개발된 기술을 국내로 들여와 양산하면될 것이다…'

뜻이 있는 곳에 길이 있다고 했던가. 얼핏 보면 기업 경영엔 도입될 수 없는 어설픈 생각 같았으나 딴은 가히 예리한 혜안이었다. '삼성전자'의 반도체는 높기만 한 기술 장벽을 그렇게 헤쳐 나갈 수 있었다. 우리 속담에서 어떤 실마리를 찾고, 또 그 같은 실마리에 따라 미국으로 건너가 숨어 있는 우리의 인재들을 찾아 나선 것이다.

과연 당시 미국에서 반도체를 전공한 숨은 우리의 인재가 있었을까? 있었다면 과연 어느 정도의 수준이었을까? 지금 기준으로 보면 1983년도는 그야말로 호랑이 담배 피던 시절의 얘기였다.

한데 연이어 낭보가 날아들었다. 미국에서 일찍이 반도체를 전공한 우리 인재가 결코 적지 않을뿐더러, 수준 또한 당초 예상을 뛰어넘어 놀라울 정도였다.

당장 현장에 투입할 수 있는 고급 두뇌만 하여도 스탠퍼드대학교에서 박사 학위를 받은 뒤 GE와 IBM을 거쳐 SHARP의 고문으로 있던, 컴퓨터와 IC 전문가 이임성 박사를 비롯하여, 컨트롤데이터와 허니웰을 거쳐 자일록에서 반도체 공정 개발을 담당했던 이상준 박사, 인텔과 내셔널 세미컨덕터에서 64K D램 개발 담당 팀장으로 있던 이일복 박사, 인터실과 사이너텍에서 C-MOS 제조수율의 개선에 성공한 이종길 박사, 웨스턴디지털과 인텔에서 메모리 설계엔지니어로 활약 중이던 박용의 박사 등이 그들이었다. 그밖에도 일본, 중국, 베트남, 인도 등지에서 고급 두뇌 32명도 확보할 수가 있었다.

생각지도 못한 뜻밖의 원군이었다. 깊은 터널 안에 갇혀 좀처럼 길이 나타날 것 같지 않아 고심을 거듭하고 있을 때에 어설픈 우리 속담에서 찾은 실마리로 한순간 돌파구가 활짝 열리게 된 것이다.

천군만마를 얻은 '삼성전자'는 이때부터 발걸음이 부쩍 빨라졌다. 같은 해 여름 당장 경기도 시흥에 10만 평 규모의 VLSI(초고밀도 직접 회로) 양산 공장 건설에 착수했다(1983). 첨단기술의 확보와 판로 개척을 위해 미국 현지에도 연구개발센터와 함께 시제품 생산 설비를 갖춘 현지 법인 설립을 동시에 시작했다.

이처럼 VLSI 사업이 본격적으로 개시되자 '삼성전자'에서 이미 인수합병한 국내의 '한국반도체'의 기술진 역시 가만있을 수만 없었다. 새로이 개발 팀을 결성하고, 64K D램 개발에 들어갔다. 미국의 마이크론테크놀리지로부터 칩을 도입하여 조립 공정부터 개발하기 시작해서 마침내 성공시켰다.

미국 현지법인의 이종길 박사를 중심으로 한 개발 요원들 역시 예상대로 64K D램을 생산·조립하는 데 무난히 성공했다. 말하자면 국내파와 국외파가 서로 경쟁하는 구도가 굳어진 셈이었다.

　한층 자신감을 얻은 이병철은 주먹을 불끈 쥐었다. 거기에 멈추지 않고 여세를 몰아 곧바로 256K D램 개발에 돌입했다. 256K D램은 당시 일본의 후지쯔와 NEC, 도시바, 히타치 등 지구촌에서 단 몇 개 기업만이 생산하고 있을 정도의 고난도 첨단기술이었다.

　'삼성전자'는 겁먹지 않았다. 해외파와 국내파가 동시에 팀을 구성한 뒤 256K D램 개발이라는 도전에 나섰다.

　이윽고 한 해가 흘렀다. 국내파가 먼저 256K D램 시제품을 내놓았다. 기술 제휴선인 마이크론테크놀리지로부터 디자인을 제공받아 공정기술을 개발하는 데 성공한 것이다.

　미국의 해외파도 256K D램의 개발에 박차를 가했다. 거기선 회로설계로부터 공정개발에 이르기까지 완전히 자체 개발을 해야 했기 때문에 국내파인 '한국반도체'보다 한 발 늦어졌다. 하지만 모두가 불가능할 것이라고 여겼던 독자적인 회로설계에 성공하면서 이듬해엔 시제품 생산에까지 성공했다.

이쯤 되자 국내파의 '한국반도체' 기술진과 미국 현지 법인의 해외파 기술진 사이에 경쟁이 불붙었다. 이번에는 두 개의 조직이 서로 1M D램을 개발하겠다며 다투었다. 개발을 나누어 할 수 있도록 권해보았으나, 양쪽 모두 각자도생하겠다는 결의를 불태웠다.

한 곳에서만 추진하더라도 수천만 달러가 들어가는 프로젝트인데, 미국과 국내에서 동시에 추진한다는 건 곧 낭비라는 반론도 만만치 않았다. 하지만 이병철과 '삼성전자'의 경영진은 고심한 끝에 두 곳에서 동시에 연구개발을 하도록 하는 결정을 내리게 된다. 개발비는 두 배로 늘어나겠지만, 기업의 리스크는 절반으로 줄어든다는 이유에서였다.

요컨대 1M D램 공장은 DLAL 3,500억 원의 예산이 벌써 투입되어 돌관 작업에 들어간 상태였다. 더욱이 라이프 사이클이 짧은 반도체의 속성으로 미루어볼 때 개발 기간이 단 얼마만이라도 늦어지게 되면 이 사업은 곧 실패한 것이나 다름없었다. 따라서 미국과 국내 양쪽에 개발을 맡겨 서로 경쟁케 함으로써 기업의 리스크를 절반으로 줄일 수 있다는 전략적 계산에 따른 결론이었다.

결과는 이번에도 미국에서의 연구 개발보다 국내에서의 연구 개발이 한 발 앞서 종료되었다. 박용의 박사를 중심으로 한 48명의 국내 개발팀이 개발에 착수한 지 10개월 만에 양품을 생산하는 데 성공했다. 성능 또한 매우 우수해서 1M D램의 양산은 국내에서 개발한 것을 채택하기로 결정했다. 미국의 현지법인에 1M D램의 개발을 중지하라고 통보했다.

그러자 미국 현지법인이 반발하고 나섰다. 해외파의 주장은 대강 이랬다. 인텔이나 텍사스 인스트루먼트와 같은 일류 회사에 잘 다니고 있던 인재들을 애써 불러다 놓고, 이제 와서 개발이 조금 늦어졌다고 손을 떼라니 너무 심한 처사가 아니냐는 볼멘소리였다.

이병철과 '삼성전자'의 경영진은 다시 숙고하기 시작

했고, 결국 다음과 같은 고육책을 내놓았다. 정히 그렇다면 반도체를 계속해서 개발하라고 지시했다. 하지만 1M D램의 개발은 이미 끝났으니(미국이나 일본에 비해 늦었다.) 다소 시간이 걸리더라도 아직 선진국도 시작하지 않은 4M D램 개발을 해보는 것이 어떻겠느냐고 제안했다. 성공하면 좋고 실패하더라도 크게 나쁠 게 없는, 회사로서는 아쉬울 게 없는 결정이었다.

다만 한 가지 조건이 붙었다. 이번에도 국내파와 해외파가 경쟁이 불가피하겠지만, 또다시 해외파가 뒤지게 된다면 그땐 미국의 현지법인을 해체하겠다고 밝혔다. 더 이상은 안 된다는 단언을 한 후 아직 누구도 시작하지 않은 4M D램 개발을 국내파와 해외파에 모두 허용했다. 그리고 이런 결정은 결과적으로 삼성의 반도체 신화를 낳은 '신의 한 수'가 되었다.

이처럼 당초 생각했던 것과 달리 기술 장벽이 높다는 반도체 개발에 막상 팔을 걷어붙이고 나서자 엉뚱한 데서 길이 열려 순조롭게 진행될 것 같았으나, 경영면에서는 가시밭길의 연속이었다. '삼성전자가 반도체 사업을 본격화하기(1983) 전부터 반도체 부문의 경영 상태가 질곡의 연속이었다지만, 64K D램이 출하되던 이듬해부터 적자가 눈에 띌 정도로 늘어났다. 가까스로 개발에 성공해서 헐떡거리며 쫓아가면 미국과 일본 등의 선진국은 또 벌써 저만큼 앞서 나가는 공염불이 반복되기 일쑤였다.

더구나 한발 늦은 반도체는 국제시장에서 제값을 받기 어려웠다. 라이프 사이클이 짧은 반도체의 속성상 불과 몇 달 사이에 가격이 곤두박질치기 마련이었다.

실제로 '삼성전자'가 64K램 개발에 성공해 출하했을 땐 3달러 50센트 하던 국제시장 가격이 불과 몇 달 사이에 50센트도 받기 어려울 만큼 폭락한 뒤였다. 당시 제조 원가가 1달러 70센트였으니, 반도체 1개를 만들어내는 데 1달러 20센트씩 손해를 본 셈이다.

그런 결과 1984년부터 1987년까지 64K D램에 이어 256K D램을 개발하면서 누적 적자만 무려 1,159억 원에 달했다. 그 같은 경영 손실에는 천문학적인 개발 투자비도 포함되어 있었다. 또 그런 개발 투자비는 미래를 위해 어쩔 수 없이 계속 쏟아붓지 않으면 안 되는 절대비용이었다지만, 수업료치곤 너무나 비쌌다.

물론 지금의 '삼성전자'로 본다면 그만한 적자는 새 발의 피 한 방울일 수도 있다. 하지만 30여 년 전에는 1,000억 원이 이만저만한 거액이 아닐 수 없었다. 이병철과 '삼성전자'는 높기만 한 첨단기술의 장벽을 가까스로 넘어서긴 하였으나, 누적 적자라는 또 다른 장벽 앞에서 이러지도 저러지도 못하는 늪에 빠져든 처지였다.

이병철은 초지일관 흔들리지 않았다. '삼성전자'의 경영진이 초기에 직면한 질곡의 위기를 극복할 수 있었던 것도, 따지고 보면 그런 그의 굳은 의지에 힘입어서였다. 더구나 이병철은 그 같은 위기를 마치 사전에 벌써 훤히 꿰뚫어보기라도 한 듯 줄곧 초연하기만 했다.

실제로 그는 반도체 사업을 처음 시작했을 때부터 '삼성전자'에 속해 있던 반도체 사업부를 떼어내어, 비교적 호황이 예상되던 통신 부문과 합쳐 '삼성반도체통신'이란 새로운 사명으로 체제를 강화해 놓은 터였다. 반도체 개발에 소요되는 막대한 초기 투자 비용과 더불어 치열한 국제시장에서 파생될지도 모를 가격 경쟁을 예견해서 취한 절묘한 조치였다. 이병철에게서만 볼 수 있는 인생의 경륜이 아닐 수 없었다.

게다가 어떠한 희생을 치르더라도 왕국의 미래 산업으로 반도체를 기필코 성공시키고야 말겠다는 의지 또한 눈에 띄는 대목이었다. 유달리 스케일이 컸던 그만의 의지가 과거 어느 사업을 추진할 때보다 결연했던 것이다.

그렇다 하더라도 반도체 경영진은 하루도 마음 편할 날이 없었다. 만년 적자에서 헤어나지 못하고 있어 도무지 기를 펴지 못했다.

이병철 또한 그 같은 사실을 헤아렸던 모양이다. 어느 날인가 반도체 경영진과 점심을 같이했다.

화제는 마땅히 반도체였다. 4년간 누적된 적자가 벌써 1,200억 원이라는 것과 1M D램의 공장 착공을 서두르지 않으면 또다시 출하 경쟁에서 후발주자가 되고 말 것이라는 걱정이 쏟아졌다.

늘 그렇듯 경청하고만 있던 그가 이윽고 입을 열었다. 가히 높지 않은 침착한 음성이었으나 단호한 어조였다.

"64K D램, 256K D램이 시장 도입에 한 발 늦어 큰 고

생을 했제. 1M D램의 공장 착공이 늦어지면 우린 어떻게 되겠나. 그러니 내일 아침에 당장 공장 착공식을 하자. 내가 기흥공장으로 가겠다."

돌이켜보면 그동안 최선을 다해 왔다. 후발주자로서 어쩔 수 없이 64K D램이 3년, 256K D램이 2년 늦게 국제 시장에 출하되었다. 한데 1M D램부터는 사정이 달랐다. 미국과 일본 등의 선진국에 비해 여전히 뒤늦기는 하였으나, 그다지 큰 차이가 나지 않았다. 그만큼 기술 격차가 점차 줄어들고 있었던 것이다.

그렇게 4M D램 이후부터 '삼성전자'는 차돌처럼 단단해져 있었다. 4M D램 생산이 선진국의 앞선 기업들보다 오히려 먼저 시작되는 계기를 마련할 수 있었다. 돌이켜보면 지난 수년 동안 쓰라린 패배의 경험이 축적되고 학습되었기에 가능한 '토끼와 거북이의 경주'였다. 또 그런 토끼와 거북이의 경주는 미국과 일본 등의 선진 기업을 따라잡는 데 그치지 않았다. 마침내 세계 반도체 시장을 주도적으로 지배하는 전기를 마련하게 된 것이다.

그가 26세에 마산에서 '협동정미소'를 창업하면서 삼

성이 시작된 이래 전 생애에 걸쳐 도전과 응전이 이어졌다. 어떤 땐 자신의 높은 운명을 스스로 바꾸어 만들어내기도 하고, 또 어떤 땐 예기치 않은 강압 속에서 높은 운명을 선택받기도 했다.

좋은 예가 1980년대 전두환 신군부 정권 시절 모 기관의 지하 수사실로 은밀히 불려갔을 때다. 밀폐된 험악한 분위기 속에서 겪어야 했던 비인간적인 수모와 모멸감은 마음에 깊은 상처로 남았다. 결국 누구는 애써 키워온 기업을 내줄 수밖엔 없었고, 또 누구는 결코 내줄 수 없다고 버티다 말할 수 없는 고초를 겪어야 했다. 하기는 어디 1980년대만이었겠는가.

거듭 말하지만 영웅에게도 마음의 상흔이란 있기 마련이다. 또 그 같은 마음의 상흔으로 인해 역사가 얼마든지 바뀔 수도 있음을 우리는 숱하게 목격했다. 하물며 영웅도 아닌 한낱 기업가들이야 어쩔 도리가 없질 않겠는가. 기업을 이끌어가면서 그때그때 겪어야 하는 고난과 고통이 결코 쉽지 않았으리라. 그래서 약속이라도 한 듯 그는 자신의 높은 운명을 스스로 열어나가기로 결심한다.

그리하여 생애의 마지막 미션이 될지도 모르는 그 같은 높은 운명 앞에서 그는 자신의 에토스에 충실한다. 똑같은 시점과 고통 속에서 결심한 선택 역시 전혀 다른 길이었다. 정치권력으로부터 입은 상흔을 치유하기 위해 첨단기술에 자신의 모든 것을 걸었다.

하지만 거기까지였다. 비록 반도체가 우여곡절 끝에 튼실한 결실을 거두어 여태껏 국내에만 머물렀던 경제 영토를 마침내 무한한 해외로까지 넓혀나갈 수 있도록 길을 열었다고는 하지만, 결국 자신은 '왕국의 시대national'였다. 자신의 손으로 이제 막 밑돌을 놓기 시작한 '제국의 시대international'를 위해서라도 서둘러 뜻을 이어나갈 후계자를 찾지 않으면 안 되었다.

3장

못 다 이룬 것들

승률 96%의 직관력과 인재 제일주의

경제계에선 지금도 이병철을 일컬어 '경영의 귀재'라고 부른다. 그가 손대는 기업 경영마다 모두 성공했다고 애써 강조하기까지 한다. 기업 경영을 모르는 일반인들은 물론 기업을 직접 경영하고 있는 기업인들부터, 심지어는 삼성의 내부 사람들까지 그런 말을 공공연히 하고 있을 정도다. 다른 건 몰라도 최소한 기업 경영에서만큼은 한사코 실패한 적이 없다고 아퀴를 짓기 마련이다. 모두가 그처럼 굳게 믿고 있다.

과연 그럴까? 경영의 귀재로 불렸다는 그는 기업 경영에서 실패한 적이 전혀 없었던 것일까?

그는 전 생애에 걸쳐 모두 57개의 기업을 세웠다. 26

살이 되던 해 부친으로부터 쌀 300석 지기의 토지를 유산으로 물려받아 마산에서 동업으로 정미업을 시작하면서 기업 경영에 뛰어든 이래, 타계하기 직전에 설립한 '삼성데이타시스템(1985)'과 '삼성경제연구소(1986)'에 이르기까지 반세기가 넘는 동안 꼭 쉰일곱 번의 기업을 일궈냈다.

모두 열거해보면 '협동정미소'와 '일출자동차회사'(1936), '토지 사업'(1937), '삼성상회'(1938), '조선양조' 인수(1939), '삼성물산'(1950), '제일제당'(1953), '제일모직'(1954), '한일은행' 인수(1957), '안국화재', '상업은행', '조흥은행' 인수(1959), '동양TV방송', '라디오서울', '동방생명 → 삼성생명', '동화백화점 → 신세계백화점', '동남증권', '동양화재' 인수, '미풍산업'(1963), '대구대학교' 인수, '한국비료'(1964), '중앙일보', '성균관대학교', '한솔제지' 인수, '중앙개발', '고려병원 → 삼성중앙병원'(1966), '안양컨트리클럽', '삼성전자'(1969), '삼성NEC → 삼성전관'(1970), '삼성문화재단'(1971), '제일합섬'(1972), '제일기획', '호텔신라', '삼성산요파츠 → 삼성전기', '삼성코닝'(1973), '삼성석유화학', '

삼성중공업'(1974), '중앙엔지니어링'(1975), '용인자연농원'(1976), '삼성종합건설', '삼성조선', '삼성정밀', '삼성해외건설', '삼성GTE통신', '대성중공업', '한국반도체→삼성반도체' 인수(1977), '코리아엔지니어링' 인수(1978), '한국전자통신' 인수(1980), '한국안전시스템' 인수(1981), '삼성라이온즈 프로야구단', '호암미술관'(1982), '삼성시계', '조선호텔' 인수(1983), '삼성의료기기', '삼성휴렛팩커드'(1984), '삼성유나이티드항공', '삼성데이타시스템'(1985), '삼성경제연구소'(1986)에까지 이른다.

이 가운데 그는 모두 마흔네 번의 창업을 성공시킨 것으로 나타났다. 96%라는 경이적인 승률을 남겼다.

비단 경이적인 승률만이 아니다. 수치로 가늠해볼 수 있는 양도 양이지만 질적인 면에서도 단연 타의 추종을 불허한다. 대학과 미디어 부문에서부터 전자산업의 하이테크에 이르기까지, 하나같이 정상의 수준을 자랑하고 있다.

앞서 밝힌 것처럼 '기업 경영의 귀재'이며, 손대는 창업마다 결코 실패한 적이 없다고 굳게 믿을 만도 하다. 그같이 믿는다 하더라도 전혀 이상하지 않다.

말할 것도 없이 이 같은 경이적인 승률 뒤엔 평소 신중하고 사려 깊은 남다른 사고도 사고이지만, 오직 그만의 직관력이 작용했음은 물론이다. 그가 창업하여 일으킨 왕국만의 스타일이 존재했던 것이다.

그런 왕국의 스타일을 말할 땐 먼저 '삼성 비서설'을 들 수 있다. 비서실은 비단 삼성그룹에만 있었던 건 아니다. 당시 기업집단마다 자신들의 스타일에 따른 비서실, 경영기획실, 기획조정실 등으로 명칭은 달랐으나, 역할 면에선 기획·재무·인사·감사 등을 총괄하는 부서가 존재했다. 큰 틀에서 볼 때 그룹을 총괄하는 조직이 없지 않았었다.

다만 삼성의 비서실은 다른 기업집단들보다 일찍 진화했다. 그 결과 왕국을 혁신시킬 수 있었다. 다른 기업집단과는 또 다른 차별성을 보였었다.

이병철이 그룹 내에 비서실을 신설한 것은 일찍이 1959년으로 거슬러 올라간다. '삼성물산' 산하의 일개 과課 단위로 출발했던 삼성의 비서실은 주로 의전, 재무관리, 문서 작성 등 여느 비서실과 다름없이 최고경영자를 보좌하는 일상적인 업무를 담당하는 것으로 시작했다.

그렇게 시작된 삼성의 비서실은 15년이 지난 후 완전히 탈바꿈해 일대 변혁을 일으킨다. 종합무역상사로서 황금의 시대가 도래하자 폭넓은 세계 시장을 대상으로 중요 정보를 수집하고, 각지의 지점을 통제하기 위한, 이른바 '헤드 쿼터'가 필요하게 되었다.

그는 이 점을 예리하게 간파했다. 곧바로 여러 경로를 검토한 끝에 일본의 기업집단 미쓰비시와 미쓰이, 스미토모 등의 비서실을 벤치마킹하여 비서실을 강화할 것을 지시했다.

그렇게 1970년대 후반 삼성의 비서실은 진영을 일신하게 된다. 벤치마킹을 시도한 일본의 기업집단과 마찬가지로 마침내 기획·인사·정보·기술·감사·홍보 등을 총괄하는, 소위 최고의 인재들로 구성된 '엘리트 조직'이 탄생케 된다.

그 후 삼성의 비서실은 한때 왕국 내에서조차 무소불위라는 말을 들을 만큼 막강한 파워를 과시했다. 훗날 삼성 계열사의 CEO에 오른 황영기(삼성증권 CEO 및 우리은행 행장), 김순택(삼성SDI CEO), 배종렬(삼성물산 CEO) 등 수많은 인재가 비서실을 거쳐 육성되면서, CEO 사관학교라는 유행어마저 생겼다.

이처럼 삼성의 비서실이 진가를 발휘하며 유명해지자, 여타 기업집단 또한 뒤따라 벤치마킹에 나섰다. 기아그룹은 비서실로, 현대그룹은 종합기획실로, SK그룹은 경영기획실 등으로 그룹의 경영을 총괄하는 정보를 수집·분석하여 오너에게 보고하는 체제를 제각기 구축하고 나섰다.

다음으론 삼성 특유의 '깐깐한 완벽주의'를 들 수 있을 것 같다. 그야말로 자로 잰 듯 한 치의 오차도 허용치 않는 깐깐하면서도 철저히 완벽한 스타일이 곧 그것이다.

이건 말할 나위도 없이 순전히 왕국의 창업주인 이병철로부터 생겨난 기업문화였다. 그로부터 씨앗이 뿌려져 왕국에 움터 오르고 뿌리가 내린, 삼성만의 기업근육이랄 수 있었다.

예컨대 이런 식이다. 서울 태평로의 삼성 본관 옆에 '동방생명(삼성생명)'과 '중앙일보'의 사옥을 지을 때였다. 그는 외벽 대리석의 색상은 물론 대리석의 칸과 칸 사이의 간격까지 일일이 지적해주었을 만큼 치밀했다.

물론 그가 아니었더라도 왕국을 대표하는 건축물인 만큼 그 같은 오너라면 누구나 그럴 수 있을 법도 하다. 뒷짐이나 진 채 전문가의 손에 떠맡겨 버리고 마는 것보다는, 어떻게 보면 자신의 의중을 분명하게 밝히는 게 더 확실해 보일 수도 있다.

그렇다 하더라도 이병철은 그 같은 오너하곤 또 분명 달랐다. 그의 깐깐한 완벽성은 누구도 따를 수 없는 유별난 것이었다.

가령 자신의 비서에게 넘겨줄 메모지의 글씨가 좀 비뚤어졌다거나, 써놓은 글씨가 성에 차지 않을 땐 곧바로 찢어버렸다. 다시 반복해 쓴 다음에야 건네줄 정도였다. 일상의 작고 사소한 것에서부터 철저히 완벽성을 기했던 것이다.

'제일모직' 대구공장의 (이병철이 사용하던) 사장실에는 그런 완벽성을 다시 한번 가늠해볼 수 있는 유물이 있었다. 지금은 세월이 많이 지나 어떻게 처치되고 말았겠지만, 그의 생전엔 까맣게 옻칠된 두터운 회의용 탁자와 함께 응접세트가 놓여 있었다.

한데 이 회의용 탁자와 응접세트가 어찌나 무거운지, 한 번 옮기려면 사람의 힘으론 도저히 어림도 없었다. 반드시 기계의 힘을 빌려야만 했다.

그럴 만도 했던 게 '제일모직' 창립 시기(1950년대 중반)에 만들어졌다는, 두툼한 원목 위에 구두 밑창에나 댈 법한 두꺼운 소가죽으로 응접용 소파를 만들었기 때문이다. 회의용 의자도 앉는 자리에는 다시금 두꺼운 소가죽으로 덧씌운 후, 나머지 부분에는 검은 옻칠을 하여 견고함이란 이루 말할 수 없었다.

요컨대 어떤 물건 하나를 만들어도 그처럼 철저하고 완벽하게, 굳이 다시 손보지 않아도 영구히 쓸 수 있도록 만들고자 했던 그의 자세가 왕국의 일상 업무 처리 과정에까지 고스란히 배어들었다는 거다. 크든 작든, 하찮건 그렇지 않건 간에 상관없이 남다른 철저함과 완벽함이, 결국 삼성 하면 무언가 다르다는 '1등 신화'를 낳을 수 있었다는 얘기다.

그렇대도 그가 치러낸 쉰일곱 번의 창업 가운데는 이도 저도 아닌 무승부를 기록하고 만 것도 열한 번이나 된다. 조금은 뜻밖의 기록이다.

맨 처음 신규 사업을 계획할 땐 반드시 90가지에 달하는 매뉴얼을 꼼꼼하고 깐깐하게 살펴보는 철저함, 120%의 목표를 세워 100%를 달성하는 치밀함을 갖춘 데다 왕국의 미래 성장 동력을 확보하기 위해 73세의 노구에도 불구하고 반도체에 모든 역량을 쏟아부을 만큼 승부 기질마저 남달랐던 '기업 경영의 귀재'답지 않은 뜨뜻미지근한 적바림이 아닐 수 없다.

우선 앞서 언급한 바 있는 시중 은행의 인수(1957)를 들 수 있다. '한일은행', '상업은행', '조흥은행'을 인수한 데 이어 다시금 정부로의 환수가 곧 그것이었다.

앞서 살펴본 것처럼 당시 이승만 정부는 시중 은행의 민영화 작업에 나서면서, 그에게 정부가 보유한 주식을 인수하라고 제의했다. 그때 시중 은행들은 재무 구조가 취약한 데다, 경영 또한 부실하기 짝이 없었다. 한데도 6·25전쟁 이후 전후戰後 부흥 자금을 마련하기 위해 정부가 반강압적으로 떠맡기는 식이었다. 불하 가격 또한 은행 자산보다 높았음은 물론이다.

어쨌든 이병철은 같은 해 '한일은행'을 인수한 데 이어, 이듬해에는 '상업은행'을, 그 이듬해에는 '조흥은행'을 잇달아 인수하면서 '금융삼성'을 눈앞에 두었다. 금융을 거머쥐며 집단기업으로 가는 마지막 퍼즐을 맞춘 셈이었다.

한데 다음 해 4·19혁명(1960)이 일어나 이승만 정권이 무너지고 야당인 민주당이 정권을 잡았다. 민주당은 이른바 부정 축재자 척결이라는 조치를 들고 나왔다.

그러나 다시 이듬해 5·16쿠데타(1961)가 일어났다. 박정희 군사정권 역시 재계를 희생양으로 지목하고 나섰다. 그를 부정 축재자 1호로 낙인찍었다. '정부와 결탁하여 시중 은행을 특혜 인수했다'는 게 그 이유였다.

이병철은 억울했다. 특혜로 시중 은행을 인수했다면 상당한 이익이 발생했을 텐데 내막을 들여다보면 그렇지 않았다.

하지만 총칼을 치켜든 군사정권에 의해 부정 축재자 1

호로 낙인찍히고 만 이상 어쩔 도리가 없었다. 아무 소리도 하지 못한 채 '한일은행', '상업은행', '조흥은행'을 정부에 그냥 돌려줘야 했다.

'동양방송(TBC)'과 '라디오서울'의 운명 역시 다르지 않았다. "말馬 위에서 천하를 잡을 순 있어도, 말 위에서 천하를 다스리지는 못한다"라는 한나라 육가陸賈의 명언과 같이, 정치권력보다 더 강한 여론으로 사회의 조화와 안정에도 기여할 수 있는 방법 중의 하나로 시작한 사업이었다. 이어 '중앙일보'까지 잇달아 창간해 매스미디어사업에 뛰어들었던 것이다.

한데 박정희 군사정권 출범으로 시중 은행들을 빼앗기고 만 것처럼 '라디오서울'과 '동양방송(TBC)' 또한 전두환 신군부에 의해 다시금 희생양이 되고 말았다. 소문으로만 듣던 모 기관의 지하 수사실로 은밀히 불려간 그는, 두 눈을 부릅뜨고 윽박질러대는 수사관들에 에워싸여 '동양방송(TBC)'과 '중앙일보' 가운데 전자를 포기한다는 각서에 도장을 꾹 눌러야 했다. 같은 해에는 '동양화재'와 '동남증권' 또한 소리 소문 없이 양도해야 했다.

그러나 안타깝게도 이 점에 대해선 딱히 눈에 띄는 자료를 찾아보기 어려워 무어라 언급할 수가 없어 유감이다. 따라서 훗날의 과제로 남겨두면서, 다만 '동양화재'와 '동남증권' 역시 무승부로 기록해두고자 한다. 큰 틀에서 보았을 때 자의에 의해서가 아니라 외부 환경에 의한 결과로 본 것이다.

　　다음으론 일찍이 인수했다가(1964) 곧바로 양도한 대구대학교가 눈에 들어온다. 또한 '대구대학교'의 인수와 양도를 설명하기 위해선 먼저 '용인자연농원'으로 잠시 눈길을 돌려야 한다. 그곳에 자리한 '삼성종합연수원' 정문에 들어서면 널찍한 로비 정면의 벽면에 꽤 세련된 필체로 새겨져 있는 다음과 같은 글귀를 보게 된다. '삼성종합연수원' 준공을 기념하여 그가 쓴 친필을 붉은 화강암 위에다 흰 글자로 음각해 놓은 것이다.

　　국가와 기업의 장래가 모두 사람에 의해 좌우된다는 것은 명백한 진리다. 이 진리를 꾸준히 실천해온 삼성이 강력한 조직으로 인재 양성에 계속 주력하는 한 삼성은 영원할 것이며, 여기

서 배출된 삼성인은 이 나라 국민의 선도자가 되어 만방의 인류 행복을 위하여 반드시 크게 공헌할 것이다.

이병철은 이처럼 우리의 역사와 인간사회에 대한 깊은 인식을 바탕으로 반세기에 걸쳐 숱한 기업을 이끌어오면서 줄곧 '인재 제일'을 경영이념으로 삼아 왔었다. 또 그 같은 인재 제일주의에 관하여 다음과 같이 덧붙이곤 했다.

나는 내 일생의 80%는 인재를 모으고 교육하는 데 시간을 보냈다. 내가 키운 인재들이 성장하면서 두각을 나타내고 좋은 업적을 쌓는 것을 볼 때 고맙고, 반갑고, 아름다워 보인다. 삼성은 '인재의 보고'라는 말을 세간에서 자주하는데 나에게 있어서는 이 이상 즐거운 일은 없다….

그랬다. 그는 실제로 기업을 경영하는 과정에서 '기업은 곧 사람이다'라는 원칙을 잠시도 잊지 않고 꾸준히 실천에 옮겼다. 자신이 즐겨 인용하던 격언은 "일년지계—

年之計는 곡식을 심는 일이고, 십년지계는 나무를 심는 일이며, 백년지계는 사람을 기르는 일이다"였다. 그는 이 격언이 뜻하는 것처럼, 시대가 바뀌고 경영환경이 아무리 급변하더라도 기업이 인재를 육성하고, 그같이 무한한 상황 적응 능력을 갖춘 인재가 기업을 경영하는 이상 그 기업은 흔들림 없이 영속될 수 있다고 믿었다.

'대구대학교'의 인수 역시 그러한 신념에서 한 일이었다. 순전히 인재 육성을 목적으로 육성코자 한 것이다.

한데 어찌된 영문인지 '대구대학교'를 서둘러 양도하고 만다. 양도한 '대구대학교'는 그 뒤 영남대학교로 바뀌고, 이후 지금껏 박정희 일가와의 얘기가 끊이지 않고 있다.

마지막으로 그의 창업에서 빼놓을 수 없는 건 대구의 '조선양조'일 것 같다. 이병철은 생애 첫 사업이었던 마산에서의 쓰라린 좌절 이후 대륙으로 기차 여행길에 올랐다. 부산역, 경성역을 거쳐 봉천 등 만주를 지나 북경, 청진, 상하이 등지를 두루 여행하고 돌아와 대구에서 '삼성상회'를 설립하여(1938) 재기에 성공한다.

그러면서 이듬해 대구 지역을 기반으로 하는 '조선양조'를 인수하게 된다. 대구에선 첫째, 둘째를 다툰다는 대규모 청주 양조회사였다. 이 양조회사는 자진 해산할 (1969) 때까지 무려 30여 년 동안이나 장수한 삼성의 계열사였다. 그뿐 아니라 이 양조회사가 벌어들인 막대한 돈이 6·25전쟁 종전 후 자칫 좌초당할 뻔한 위기에서 처한 그를 살린 든든한 자금원이 되어주었을 만큼 '조선양조'는 왕국의 역사에서 중요한 위치를 차지했다.

한데 알 수 없는 일이다. 이병철은 왜 이러한 '조선양조'를 자진 해산하고 만 것일까? 그때까지 경영도 비교적 순조로운 데다, 앞으로 얼마든지 키워나갈 수 있었음에도 굳이 무승부의 기록으로 남기길 바란 것일까? 그때나 지금이나 술장사야말로 그다지 힘들이지 않으면서 금맥을 캘 수 있는 자금원이 될 수 있었을 텐데도 말이다.

이 같은 의문에 대해 그는 무어라고 대답했을까? 한마디로 술장사는 사업이라고 보기 어렵다는 게 이병철의 기본 입장이었다.

우선 술장사를 하려면 정부의 허가를 받아야 한다. 그

허가가 여간 까다로운 게 아니었다. 따라서 양조회사만 가지고 있다면 일단 크게 힘들이지 않고 막대한 돈을 벌어들일 수 있었다.

그러나 손쉬운 기업만을 경영하고 있다가는 정작 기업가로선 더 성장할 수 없다고 느꼈다. 그런 이유로 자진 해산을 결정한 거라고 밝혔다.

어떤가? 그의 결정에 동감할 수 있는가?

하기는 당시만 해도 사회 분위기가 지금과는 사뭇 달랐다. 사람이 술을 마시는 것이 아니라 술이 사람을 마셔, 패가망신하는 경우가 적지 않았을 때다.

그러므로 기왕 사업을 하려면 손쉬운 술장사를 하지 않는 것이 도리라는 생각이 들었다. 30년 장수 계열사인 '조선양조'를 자진 해산 형식으로 정리하였다는 고백이다.

공교롭게도 같은 시기 그는 기업가답지 않은 발언까지 꺼낸다. '조선양조'를 자진 해산하기 바로 직전인 1968년 세밑, 삼성 사장단 회의에서 자신의 '도의문화 앙양운동'의 의도를 처음으로 들고 나왔다.

새해부터 중앙매스컴이 중심이 되어 도의심道義心 앙양운동을 전개하자. 비 오는 날의 얌체, 중상모략, 도의 추락은 없어져야 한다. 일은 큰 데 힘이 약해서 어떤 효과가 나올지는 모르지만 강력히 추진해야 할 것이다. 동시에 삼성의 이미지를 높여야 한다….

저자는 이날 그가 발언한 마지막 부분에 눈길이 갔다. 이땐 그가 거느린 계열사만 하더라도 '삼성물산'을 필두로 '제일제당', '제일모직', '삼성생명', '신세계백화점', '중앙일보' 등 무려 15~16개에 달했다. 모자랄 게 하나도 없는 왕국을 구축한 뒤였다. 더욱이 한국 경제계의 대표 간판인 한국경제인연합회 초대 회장의 신분이기도 했다.

다시 말해 그도 이젠 술장사 따위 걷어치우고 자신이 서 있는 위치, 곧 역사를 돌아볼 때가 되었다고 생각한 것 같다. 돈 잘 버는 30년 장수기업인 '조선양조'를 굳이 무승부로 주저앉히고만 그의 결정이 그러한 이유와 별반 다르지 않을 거란 얘기다.

뼈아픈 2패, '토지 사업'과 '한국비료'사건

'기업 경영의 귀재'로 불렸던 이병철의 에토스는 앞서 살핀 그대로다. 그중에서도 전 생애에 걸쳐 일관되게 보여주고 있는 뚜렷한 특성 한 가지가 있다. 또 그런 특성은 마치 초원의 맹수와도 같이 매우 거칠다는 생각마저 들게 한다. 초식동물과 같이 풀잎만을 섭취하는 것이 아니라, 광활한 들판으로 뛰쳐나가 덩치 큰 육식동물조차 일거에 사냥하고 마는 거침없는 대담함이 그것이다.

사실 그는 어떤 사업을 벌이든지 간에 시작할 때부터 상당히 큰 스케일을 그려가며 일을 진행하곤 했다. 생애 첫 사업인 마산에서의 '협동정미소'만 해도 그렇다. 부친으로부터 받은 10억 원(지금 돈) 정도로 출발할 수도 있는 사업이었다. 하지만 그는 그렇게 하지 않았다. 혼자서도 할 수 있는 정미소 사업이었지만, 동업자 둘을 더 불러 모아, 3배에 달하는 자본금으로 첫 사업을 시작하고 있는 것만 봐도 알 수 있다.

물론 합자사업은 패착이었다. 거대한 정미소를 차리는 데는 성공했으나, 아직은 경험이 일천했다. 정미소를 멈추지 않고 가동키 위해서는 쌀을 무한정 확보하는 것이 선결 과제였다. 쌀값의 등락이 골칫거리였던 것이다.

더욱이 그 쌀값은 정미소가 있는 마산 지역에서 결정되는 게 아니었다. 눈엔 보이지도 않는 먼 곳에서도 전국의 미곡상이나 일본의 농간, 더 멀리는 만주 지역이나 대륙의 곡물 시세에 따라 수시로 반등을 거듭하기 일쑤였다. 제아무리 정미소를 열심히 돌려 쌀을 찧어놓아도 그 먼 데서 일어나는 쌀값의 반등에 따라 희비가 엇갈릴 수밖에 없었다.

그렇대도 막대한 시설비가 들어간 정미소를 멈추게 할 순 없었다. 쌀값의 반등에도 아랑곳하지 않고 정미소를 한사코 돌려야만 했다. 또 그러다 쌀값이 폭등했을 때 쌀을 사들인 것으로 말미암아 사업을 시작한 지 1년 만에 자본금의 3분의 2가 잠식되는 실패를 맛본다.

유달리 예민했던 그가 그냥 넘길 리 만무했다. 이듬해부턴 정미소를 흑자 경영으로 전환하는 데 성공했을 뿐만 아니라, 여세를 몰아 트럭 20대를 굴리는 '일출자동차 회사'의 경영자가 되는 한편, 은행에서 대출을 받아 200만 평에 달하는 토지를 소유한 대지주로 깜짝 변신케 된다.

하지만 당시 그가 바라본 지평은 거기까지였다. 지평 너머 또 다른 세계가 존재한다는 걸 미처 헤아리지 못했다. 결국 자신의 사업 역량을 일찌감치 발견하긴 하였으나, 아직은 준비되지 않은 허상의 투망질이 얼마나 헛된 것임을 아울러 깨닫게 된 사례이기도 하다.

또 그때 '물러설 줄 아는 용기'도 절감했던 것 같다. 그때 절감한 물러설 줄 아는 용기는 훗날 그를 다시 한번 위기에서 구하게 된다.

일찍이 이병철은 조선업에 진출한(1973) 적이 있었다. 현대의 정주영이 울산에 현대조선소를 착공한 그 이듬해였다. 사업의 특성에 따라 그는 지구촌에서 가장 거대한 조선소를 만들고 싶어 했다. 일본 조선업계의 선두주자인 IHI와의 합작으로, 경남 통영에 부지 150만 평을 확보하고 야심찬 첫 삽을 뜨기 직전이었다.

한데 누구도 예상치 못한 1차 오일 쇼크가 곧이어 터지고 말았다. 그와 함께 세계 조선업계에서는 신규 발주가 끊어지고 계약금을 포기하면서 선박 주문을 취소하는 사태까지 발생했다. 이병철 역시 조선산업을 관망할 수밖에 없었다.

그는 당시의 상황을 이렇게 회고한다. 생애 첫 패배를 안겨주었던 '토지 사업'을 하던 때를 절감했던 대목과도 맞닿아 있는 내용이다.

만일 그대로 조선소 건설을 강행했더라면 사업은 큰 타격을 받았을 것이다. 사업에는 착수하는 용기와 더불어 물러설 줄 아는 용기도 아울러 필요하다….

그러나 이병철의 두 번째 패배이자 생애 마지막 패배

로 기록되는 '한국비료'는 아무래도 뼈아팠다. 아니 그에
겐 영원히 씻을 수 없는 오명으로 남을 수밖에 없는 기록
이 되고 말았다. 먼저 결론으로 가기 전에 '한국비료' 사건
(?)에 대한 그의 설명부터 들어보기로 하자.

한국비료 울산공장을 완성하는 데는 10년 가까운 세월이
걸렸다. …증가 일로인 국내 수요를 충족시키기 위해서는 세계
굴지의 최신식 대규모 공장을 건설해야 하며, 그 규모는 30만
t 정도는 되어야 한다. 이 규모라면 장차 수출을 할 경우에도
국제경쟁력을 지닐 수 있다. …무엇보다 어려운 문제는 자금,
즉 외자外資였다. 줄잡아 1차로 5,000만 달러는 소요될 터인
데 이것을 어떻게 마련할 것인가. 지금에 와선 그 정도 규모의
공장은 별 신기할 것도 못되지만, 당시로선 그야말로 세계적인
거대 규모였다. 이 거대한 공장을 운영하는 것은 삼성 혼자만
의 힘으로는 실로 힘겨운 일이었다. …이윽고 삼성이 세계 최대
규모의 비료 공장을 건설한다는 것이 국내에 알려지자 반응이
분분했다. 우선 그 웅대한 스케일에 놀라 그렇게 큰 공장을 과
연 우리 손으로 지을 수 있을까 하고 의심하는 것 같기도 했다.

…다음 해인 1966년에 접어들자 일본에서 기계류가 반입되기 시작했다. 한국비료에 필요한 기계는 총 30여만 종에 중량은 18만t이나 되었다. …암모니아 탑은 중량이 200t이나 되어 1만 5,000t급의 화물선을 전세 내어 일본에서 울산항까지 운송하였다. 하지만 하선이 불가능하여 새로이 부두를 건설해야 했다. …한국비료 건설은 착공 1년 만에 차차 윤곽이 잡혀갔다. 이대로 가면 계획대로 18개월 만에 완성될지도 모른다는 희망을 갖게 되었다. 바로 그 무렵이었다. 완공된 한국비료 공장에서 손을 떼야 하는 뜻밖의 사건이 발생한 것이다….

이른바 '한국비료' 사건이 터지고 말았다. 이 사건에 대한 당시 언론 보도를 축약해 보면 이렇다. 건설 공사 중이던 삼성그룹 계열의 '한국비료'가 일본으로부터 사카린의 원료인 OTSA 60t을 건설 자재로 위장하여 도입한 후, 그 중 38t을 '금복화학'에 내다 팔았다는 것이다.

충격적인 내용의 보도가 나가자마자 나라 안은 온통 벌집을 쑤셔놓은 듯 발칵 뒤집혔다. 때마침 '판본방직'의 밀수사건과 동시에 불거진 사건이라 정치권에선 대목을 만난 듯했다. 언론 또한 서슴없이 필봉을 꺼내어 들었다.

생산이 있기 전에 무역이 있었고, 무역이 있기 전에 밀수를 했다. 이것이 한국 재벌 생성의 과거사인 줄만 알았던 국민들은 지금도 공장을 짓는다고 밀수를 하고, 수출을 한다고 밀수를 하는 재벌의 현실에 이제 대경실색하는 상태를 지나 용솟음치는 분노를 억누르는 데 온갖 이성을 앞세우고 있다….

파문이 일자 정부는 뒷짐만 지고 있을 순 없었다. 마땅히 사건의 경위를 명명백백하게 밝혀야 했다.

한국비료의 이일섭 상무와 이창희(이병철의 2남) 상무가 공모, 1966년 5월 5일 OTSA 2,400부대를 일본 화물선편으로 울산에 들여왔다. 건설 자재 백시멘트를 가장, 밀수를 한 것이다. 5월 15일, 이 가운데 141부대를 팔았고, 이어 1,400부대를 부산 동래 소재의 인공 감미료 제조업체인 금복화학에 팔려다 부산세관 감시과 직원들에 의해 적발되었다. 이에 따라 세관은 전량을 몰수하는 한편, 벌과금 및 추징금 2,330만 원을 물린 것이다….

　사건의 당사자인 '한국비료' 측도 서둘러 해명하고 나
섰다. '회사 간부 한 사람의 개인적인 소행이며, 최근의 억
측 보도들은 사실무근'이라고 밝힌 데 이어, 삼성 또한 '이
사건은 밀수가 아닌 원자재 유출이며, 이미 벌과금의 납
부 등으로 사건을 매듭지었다'는 태도를 보였다.

　한데도 여론은 들불처럼 번져나갔다. 걷잡을 수 없을
만큼 악화되어 갔다. 종래에는 대통령이 직접 나서야 하
는 사태로까지 번졌다.

　이쯤 되자 9월 22일 이병철은 기자회견을 열어 다음
과 같은 성명을 내놓는다. 이른바 '한국비료 국가 헌납' 성
명서였다.

　…이에 연일연야 고민한 끝에 저는 제가 대표로 되어 있는
한국비료공업주식회사를 국가에 바치기로 결심했습니다. 한국
비료는 그 사업의 성격으로 보나 그 방대한 규모에 비추어 어떤
개인이나 법인의 역량만으로는 절대로 건설될 수가 없습니다.

이에 국가가 직접 경영 주체가 되어 그 건설과 경영을 담당하는 길밖에 없다는 결론에 이르게 된 것입니다. 이는 오로지 한국비료가 국민의 소원과 정부의 계획대로 건설되기를 바라는 제 본래의 소신에서입니다. 그리고 이 기회에 제가 그 대표로 되어 있는 모든 사업 경영에서 손을 떼겠습니다. 이는 제가 관여함으로써 기업의 사회적 책임과 문화사업의 공익성이 유린될 것을 염려하시는 여러분의 뜻에 따르고자 함에서입니다….

그러나 이병철의 '한국비료' 국가 헌납 성명에도 여론은 쉽사리 가라앉지 않았다. 끝내 검찰 수사로 확대되어 나갔다. 그 결과 '한국비료'의 이창희 상무, 이일섭 상무, 성상영 부사장 등이 구속되거나 불구속 기소되기에 이르렀다. 다만 이병철은 사건과 직접적인 간련干連이 없다고 검찰은 결론을 내렸다.

정치권에선 승복하지 않았다. 검찰의 발표에도 불구하고 야당은 대통령에게 경고 성명을 발표하는가 하면, 그런 와중에 '장군의 아들'로 유명한 민주당의 김두한 의원이 국무총리 김종필에게 똥물을 끼얹고 마는 사태까지 번져나갔다. 이어 국무위원 총사퇴 결의안 등 정치적 사건이 꼬리를 무는 가운데, 민주당의 장준하 의원은 규탄궐기대회에서 대통령 박정희를 심하게 몰아붙여 국가 원수 명예훼손 혐의로 구속되기까지 했다.

여기까지가 당시 언론에 비친 '한국비료' 사건의 전말이다. 이 점에 대해 훗날 이병철은 자신의 입장을 다음과 같이 표명했다.

다만 한 가지 분명히 해두고자 하는 것은, OTSA 문제가 일사부재리의 원칙도 무시된 채 강제 수사를 받게 되었던 배경에는 몇몇 정치인의 공작이 숨어 있었다는 사실이다. 현재로서는 굳이 이름을 밝히지 않으나 장차 그 진상이 밝혀질 날이 있을 것이다. 그뿐 아니라 당시 권력 구조의 중추에 있던 인물이 OTSA 문제가 일어나기 전에 한국비료 주식의 30%를 증여하라고 요구하기도 했었다. … 10년간에 걸쳐서 세 번씩이나 도전하여 겨우 완성한 비료 공장이다. 손을 떼는 데 아무런 감상이 없었다고 하면 거짓말이 될 것이다. 그러나 한 가지 틀림없는 보람과 기쁨이 있었다. 국가가 시급하게 필요로 하는 세계 최대의 비료 공장을 내 손으로 완성했다는 바로 그 사실이다. 또한 역경 속에서도 용하게 자기 자신을 잃지 않고, 흔들리는 마음을 가누어 시종 정심정념을 잃지 않았다는 사실에 자기위안을 삼았다….

한데 어째 좀 이상하지 않은가? 왠지 억울해하는 느낌이 다분히 묻어나 보이지 않은가? 평소 그의 성격으로 볼 때 입장을 표명하는 내용이 아무래도 좀 길어 보이지는 않은가 말이다. 10년 가까운 세월 동안 모든 역량을 쏟아 부어 건설했음에도 속절없이 빈손으로 내어줄 수밖에 없었던 그에게 '한국비료'는 자신의 생전엔 끝내 잃어버린 자식이었다. '한국비료'를 되찾아오기까지 30여 년을 더 기다려야 했으니 말이다.

'한국비료'는 이병철이 타계한 지 7년이나 더 지난 1994년, 정부의 공기업 민영화 정책에 따라 삼성의 품으로 다시 돌아올 수 있었다. '삼성정밀화학'으로 재탄생케 된다. 이후 '삼성정밀화학'은 요소 비료 생산을 중단한 데 (2011) 이어, '롯데케미칼'에 매각한다고(2015) 정식으로 공시했다.

'자신의 파란 많은 생애에서도 더할 나위 없는 쓰디쓴 체험'이었다고 고백한 이병철이 '한국비료 사건'을 겪으면서 장남 이맹희에게 이렇게 당부했다.

"맹희야, 정치한다는 사람들 절대 믿지 마래이."

그가 왜 '돌다리도 두들겨보고 난 뒤 건너가는 사람을 확인하고 나서야 비로소 자신이 돌다리를 두들겨가며 건너간다'는 신중함을 유난히 강조했는지, 삼성은 왜 정치에 직접 참여치 않으면서 오직 기술만이 살 길이라는 '철벽의 금기'를 만들었는지를 새삼 떠올리게 하는 한탄이 아닐 수 없었다.

장남도 차남도 아닌 셋째였다

'삼성전자'의 반도체 사업으로 한창 동분서주하던 이병철이 그만 암에 걸렸다는 청천벽력 같은 소릴 듣게 된 건 그의 나이 67세 때였다(1976). 그는 잠시 당황한 듯 멍한 표정을 지었다. 차마 받아들일 수 없는 현실인 듯 입을 쉽게 열지 못했다. 하지만 끝내 암 수술을 받기 위해 일본으로 건너가야만 했다.

이병철은 평소 자신의 건강에 대해, 삼성에서 운영하고 있던 '고려병원'과 조카인 이동희 박사가 운영하는 제일병원의 의료진 의견을 가장 많이 참조했었다.

한데 막상 암에 걸렸다는 검진 결과를 접하자 처음에는 "수술하지 않고 국내에서 약물치료를 받겠다"라고 했다. 그러다 일본행으로 방향을 바꾸었다. 일본행을 강력하게 권하고 나선 이는 이동희 박사였다.

결국 조카의 의견을 받아들여 일본으로 건너가 암 수술을 받고서 건강을 되찾았다. 이후에도 상상 이상의 절제된 생활로 11년간이나 수를 더 누렸다.

그렇대도 자신의 삶이 그리 오래 남지 않았음을 그때 이미 깨달았던 듯하다. 자신을 뒤이어 왕국을 이끌어 나갈 후계 구도에 대해 비로소 입 밖에 꺼낸 것도 이때가 처음이었다.

그러니까 일본으로 암 수술을 받기 위해 출국하기 전날 밤, 전 가족이 모두 한자리에 모여 앉았다. 때마침 해외 출장 중이었던 3남 이건희를 제외한 장녀 이인희, 장남 이맹희, 차남 이창희, 차녀 이숙희, 3녀 이순희, 4녀 이덕희, 5녀 이명희 등이었다.

장소는 용인에 자리한 이병철의 거처였다. 이 자리에서 그는 자신이 후계 구도에 대해 언급했다.

"앞으로 삼성은 건희가 이끌어가도록 하겠다…."

그 말을 듣는 순간 장남 이맹희는 충격을 감추지 못

했다. 차남 이창희는 물론 그의 누이들 또한 별반 다르지 않았다.

그도 그럴 만도 했다. 비록 아버지와의 사이에 상당한 틈새가 벌어졌다고는 하지만, 장남 이맹희는 그래도 벌써 10년이 넘도록 아버지 곁에서 후계자 수업을 쌓아왔다. 왕국의 대권이 마땅히 자신에게 주어질 것이라는데 누구도 의심치 않았었다. 아니 가족이 모두 은연중에 그렇게 믿어왔던 것도 사실이다.

더욱이 3남 이건희라면 일본과 미국에서 학업을 마치고 돌아온 지가 얼마 되지 않았다. 아버지가 이루어 놓은 거대 왕국을 넘겨받기에는 너무나 미흡한 갓 서른다섯 살에 불과했다.

이병철은 왜 그랬을까? 돌다리도 두들겨본 뒤 건너가는 사람을 본 다음에야 비로소 돌다리를 두들겨가며 건너갈 만큼 신중했던 그가, 그 같은 결정을 내렸던 것일까? 벌써 10년 넘도록 자신의 곁에서 후계자 수업을 받아온 장남을 내버려두고 굳이 차남도 아닌 3남을 자신의 후계자로 지목해야만 했던 것일까?

이병철은 삼성이라는 경영체의 수성 방안을 비교적 일찍부터 홀로 고심했다. 이에 따라 그는 벌써 1960년대 후반, 그러니까 자신의 나이 회갑을 맞이하기 훨씬 전부터 장남 이맹희와 차남 이창희에게 경영 수업을 받게 했다.

그러나 10년이 지난 시점에서 결국 장남도 차남도 아닌 3남 이건희에게 대권을 넘기는 것으로 방향을 선회했다. 그는 이 같은 결정을 한 데 대해 『호암자전』에서 이렇게 쓰고 있다. 대권의 상속 과정에서 그들이 배제된 이유를 다음과 같이 짤막하게 밝히고 있다.

삼성을 올바르게 보전시키는 일은 삼성을 지금까지 일으키고 키워온 일 못지않게 중요하다. …후계자의 선정에는 덕망과 관리 능력이 기준이 안 될 수 없다. 그것은 단순히 재산을 상속시키는 것보다는 기업의 구심점으로서 그 운영을 지휘하는 능력이 필요하기 때문이다. 본인의 희망도 듣고 본인의 자질과 분수에 맞춰 승계의 범위를 정하기로 했다. 처음에는 주위의 권고도 있고 본인의 희망도 있어 장남 맹희에게 그룹 일부의 경영을 맡겨보았다. 그러나 6개월도 채 못 되어 맡겼던 기업체는 물론 그룹 전체가 혼란에 빠지고 말았다. 본인이 자청하여 물러났다. 차남 창희는 그룹 산하의 많은 사람을 통솔하고 복잡한 거대 조직을 관리하는 것보다는, 알맞은 회사를 건전하게 경영하고 싶다고 했으므로 본인의 희망 사항을 들어주기로 했다….

이처럼 장남과 차남에 대해 그는 아버지로서 신중하면서도 매우 조심스러운 표현을 쓰고 있지만, 한마디로 말해 두 아들로는 도저히 안 되겠노라 선언한 셈이다. 두 아들의 조직 관리에 대한 인식 부족과 미숙함을 지적하고 나선 것이다.

단적인 예가 일찍이 장남과 차남이 주축이 되어 만든 '삼성기획위원회'였다(1967). 아니 이후 다시 조직 개편을 한 '5인위원회'였다. 이병철이 주재하는 삼성 사장단 회의가 매주 열렸음에도, 그 위원회는 아버지의 사장단 회의를 제치고 이내 삼성의 모든 경영 시책을 결정하는 최고 의결 기구로 굳혀졌다.

한데다 회의 방식과 성격 또한 아버지의 사장단 회의와 판이함은 물론 비민주적이었다. 더구나 삼성기획위원회는 상설 기구가 아닌 회의체 조직이었기 때문에, 신규 사업을 하나 추진하려 해도 실질적인 사업단을 구성하고 대처하는 기존의 조직체와는 너무 대조적이었다.

이에 따라 그 같은 삼성기획위원회의 결점을 보완하기 위하여 부랴부랴 겉치레를 걷어낸 채 등장한 게 이른바 5인위원회였다. 5인위원회란 삼성기획위원회의 상임위원과 같은 성격으로, 그 구성원들은 장남 이맹희(섬성그룹 부사장)와 차남 이창희(제일모직 부사장)를 비롯하여 '제일모직' 이은택 사장, '신세계백화점' 이일섭 사장, '중앙개발' 김뇌성 전무였다.

그러나 형제가 주축이 되어 만들어진 삼성기획위원회와 5인위원회에는 파열음이 그치지 않았다. 적잖은 혼란과 시행착오를 겪은 끝에 결국 해체되는 비운을 겪고 만다.

이병철은 책임을 물었다. 5인의 위원 가운데 '제일모직' 이은택 사장을 제외한 나머지 4명을 사실상 문책하고,

자신의 후계자로 일본과 미국에서 이제 막 학업을 마치고 돌아온 3남 이건희를 낙점하기에 이른다.

　이때부터 3남 이건희는 아버지를 그림자처럼 따라다니며 장남 이맹희가 그랬던 것처럼 본격적인 경영 수업을 받게 된다. 그가 작고할 때까지 10년이 넘는 세월 동안 후계자 수업을 받게 된 것이다.

93.6% 몰아주기가 공평한 상속이다

이병철은 왜 장남도 차남도 아닌 3남 이건희를 굳이 자신의 후계자로 지목했던 것일까? 과연 이건희는 어떤 인물이길래 장남 이맹희와 차남 이창희를 제치고 아버지로부터 왕국의 대권을 넘겨받을 수 있었을까? 일본에 다녀올 적마다 관상과 관련한 서적도 잔뜩 사들고 와 누구보다 '사람에 대한 공부'를 열심히 했다던 이병철의 낙점이었기에 궁금증이 더해진다.

그러나 이때까지만 하여도 바깥에서 보기엔 3남 이건희는 매우 미스터리한 인물이었다. 그에 대해 알고 있는 정보가 그리 많지 않았던 게 사실이다. 고작해야 1942년생에 일본 와세다대학에서 경제학을 전공했고 미국 조지

워싱턴대학교에서 경영학을 전공한 것이 전부였다.

그렇다고 어느 누구도 그의 자질을 의심하지 않았다. 단지 아버지가 왕국의 총수였기에 대권에 오르게 된 것이라고 말하는 이도 많지 않았다. 그처럼 단순히 평가할 수 없었던 이유는, 아버지에 이어 왕국의 총수에 오른 이래 수십여 년 동안 그가 이끌어온 삼성이 거둔 놀라운 경영 성과 때문이었다.

그렇더라도 이건희에 대해 알 수 있는 자료는 그때나 지금이나 퍽이 제한적이다. 기껏해야 그가 썼다는『이건희 에세이(1997)』정도가 고작이다.

그 때문에『이건희 에세이』를 첫 장부터 마지막 장까지 빠짐없이 살펴보았지만 역시였다. 그에 대해 일반적으로 이미 알려져 있는 것 이상은 찾기가 쉽지 않았다. 단지 성과가 있었다면 글의 전개가 생각보다 놀라우리만치 논리 정연하고, 글쓰기 수준이 상당하며 사려가 깊다는 정도만을 대략 느낄 수 있었다는 것이다.

말할 것도 없이 삼성이라는 거대 조직을 이끌 총수라면, 적어도 일반인보단 남다르다는 것쯤은 당연한 이야기

193

일는지 모른다. 한데도 그가 여전히 미스터리한 까닭은, 언론에 비친 모습이 생각한 만큼 능수능란해 보인다거나 세련돼 보이지 않는 데 있는 것 같다.

더구나 그는 명성에 비해 그는 언론매체에 자주 등장하는 편도 아니었다. 어쩌면 은둔자의 모습 그대로였다.

말도 어눌하기 짝이 없었다. 아버지와 달리 경상도 사투리가 아닌 비교적 서울 표준어에 가까운 말을 구사하고 있을 뿐, 언론에 비친 그의 말솜씨는 눌변에 가까워서 여느 총수와 달리 으레 몇 마디가 전부였다. 어쩌다 그 커다란 눈망울을 싱글거리며 방긋이 웃는 모습을 보고 있노라면 차라리 천진해 보이기까지 했다.

그럼에도 그가 삼성이라는 거대 조직을 맨 앞에서 이끌고 있다는 것만으로도 호기심을 불러일으키는 데 모자람이 없어 보였다. 대체 무슨 남다른 숨은 역량과 카리스마가 있어 마술을 부리기라도 한 듯, 그가 이끈 삼성을 막강한 글로벌 그룹으로 바꾸어놓을 수 있었는지 궁금증이 더할 따름이었다.

우선 이건희를 곁에서 지켜보고 만난 몇몇 인사의 증언 가운데 이어령 전 문화부 장관의 인물평이다.

장관직에서 물러난 뒤 나는 삼성복지재단에서, 또는 무슨 자문회 같은 자리에서 여러 번 이 회장을 만날 기회를 얻었다. 그때마다 처음 침묵 속에서 들었던 시계추 소리가 경이로운 새 목소리로 바뀌게 되는 충격을 맛보곤 했다. 한담 속에서도 나는 늘 이건희 회장의 21세기 문명에 대한 날카로운 통찰력과 한국문화에 대한 확고한 인식에 대해 찬탄을 하지 않을 수 없었다. 그 분야에서 전문가를 자처해왔던 나 자신이 미처 알지 못했던 것, 느끼지 못했던 것을 이 회장의 어눌한 몇 마디 말속에서 깨닫게 될 때에는 나 자신의 무력감까지 느껴야만 했다. 왜냐하면 그분의 지식은 책에서만 얻은 것이 아니라 세계를 무대로 한 폭넓은 기업 현장에서 직접 얻고 닦은 것이기 때문이다. 더구나 내가 열 마디 할 때 이건희 회장은 한마디를 하지만 그 한마디가 내 열 마디를 누른다….

물론 이 같은 단상만으로 그를 설명하기는 충분치 않

다. 이 때문에 저자는 그동안 그에 관한 자료를 여러 경로로 수집했는데, 20여 년 전 어느 날 우연히 지인을 통해서 고서古書 연구가 송부종을 만나게 되었다.

고서 연구가 송부종과 자리를 함께하며 1920년대 경성(서울)에 관한 이런저런 대화를 나누다 중간에 이병철의 얘기가 불쑥 튀어나왔다. 동시에 일부러 요청하지도 않았건만 송부종의 입에서 이병철의 차남 이창희에 관한 얘기가 술술 새어나오기 시작했다. 한때 자신과 퍽 친하게 지낸 적이 있었다고 한 것이다.

"이병철 회장의 차남 말씀인가요?"

그는 고개를 끄덕였다. 1970년대 초 지금의 태평로 삼성 본관이 처음 신축되었을 때, 송부종은 당시 삼성 본관 지하의 아케이드에서 잠시 우표와 화폐를 수집·판매하는 가게를 운영한 적이 있었다고 한다.

"이창희 씨가 점심시간을 이용해 우리 가게에 거의 매일 들르곤 했었어요. 그러면서부터 부쩍 친해졌지 뭡니까."

그때 차남 이창희는 재벌 2세답지 않게 자신의 취미

생활로 진기한 우표나 오래된 화폐 따위를 수집하고 있었다. 두 사람은 그처럼 아주 자연스럽게 가까운 사이가 되었고, 수시로 얼굴을 마주하고 앉아 관련 정보도 주고받았을 것으로 짐작된다.

더욱이 이창희만큼 자주 찾지는 않았어도 장남 이맹희는 물론이고, 미국에서 유학 생활을 마치고 귀국한 지 얼마 되지 않은 3남 이건희조차 이따금 자신의 가게 문을 밀고 들어서곤 했다고 한다.

순간 저자는 숨죽이지 않을 수 없었다. 어쩌면 송부종의 얘기 속에서 저자가 그토록 찾던 이건희에 대한 실증적 자료가 나올지도 모른다는 생각에 눈길을 떼지 못했다.

송부종의 얘기를 요약해보면 대략 이랬다. 먼저 장남 이맹희는 인정이 많고 두뇌가 매우 뛰어난 사람이었다. 그는 일에 관한 추진력 또한 대단히 강한 편이어서 한 번 마음먹은 일은 끝장을 보고야 말았다. 다만 다혈질적인 성격이 두드러져 기분이 좋을 때와 나쁠 때 감정의 폭이 커 금방 알아차릴 수 있었다.

차남 이창희는 매우 단정한 사람이었다고 한다. 영락 없이 영국 신사와도 같은 깔끔한 인상이었다. 그런가 하면 섬세하고 치밀한 면도 두드러진 데다, 두뇌 또한 형 못지않게 뛰어나 보였다. 하지만 물이 너무 맑으면 물고기가 모여들지 않는 것처럼, 차남 이창희는 왕국의 황태자라기보다는 차라리 어떤 학자와도 같은 모습을 보였다는 것이다.

반면에 3남 이건희는 아버지를 가장 많이 닮은 것 같았다. 외모가 아니라 일반적으로 알려져 있는 이병철에 대한 이미지가 가장 많이 중첩된다고 덧붙였다.

"무엇보다 3남 이건희 씨는 미래에 대한 통찰력이 뛰어나고 스케일이 아주 컸던 사람 같았어요. 주변에선 좀처럼 찾아보기 힘든 그런 특별한…"

그러면서도 이건희는 젊은이답지 않게 사려와 배려심이 깊었다고 기억한다. 또 그런 균형 잡힌 감각과 입체적 사고를 지녔기에 아버지가 장남 이맹희도 차남 이창희도 아닌 3남 이건희라는 카드를 선택한 것으로 보이며, 결론적으로 그 카드가 옳았기 때문에 삼성이 지금과 같이 비약적으로 도약할 수 있지 않았겠느냐는 게 송부종의 진단이었다.

한데 바로 이런 중요한 길목에서 이병철은 또 다시 알 수 없는 결정을 내린다. 자신의 후계자 선정 곧 왕국을 상속하는 데 있어서 전연 다른 차이점을 보여준다.

여느 사람 같았으면 자녀들에게 공평하단 소릴 들을 만큼 일정 부분 배려하기 마련이련만, 이병철은 매우 단호했다. 왕국의 수성을 위한 후계자로 지목한 3남 이건희에게 삼성의 전 영토랄 수 있는 93.6%에 달하는 거대 지분을 고스란히 넘겨준 것이었다.

그리고 나머지 부분은 장녀 이인희에게 '한솔제지(그룹 1.0%에 해당)'를, 한때 황태자로 후계자 수업을 받았던 장남 이맹희에겐 '제일제당(2.9%)'을, 차남 이창희에겐 '제일합섬(1.2%)'을, 5녀 이명희에게는 '신세계백화점(1.3%)'을 각각 나눠주는 식이었다.

다시 말해 왕국의 영속을 위해 93.6%에 달하는 대규모 영토를 후계자인 3남 이건희에게 몽땅 넘겨준 데 반해,

나머지 6.4% 정도만을 자녀들에게 유산으로 물려주어 따로 분가시켰다. 경영의 상속과 아울러 분가의 원칙을 철저히 지켰던 것이다.

이병철이 이렇듯 경영의 상속과 분가의 원칙을 동시에 택했던 건 단순히 상속을 하였다가는 훗날 자칫 야기될지도 모를 경영권의 다툼, 예컨대 주주총회랄지 일상의 경영 활동까지도 매우 심도 있게 고심한 그만의 포석이라고 볼 수 있다. 왕국을 물려주는 애비가 그 불씨마저 철저하게 꺼줘야만 공평하고 진정한 상속이라고 믿었던 것 같다. 중요한 건 이병철이 자신의 후계자로 자신을 쏙 빼닮은 3남 이건희를 지목하고 나섰다는 점이다.

여름엔 시원하고 겨울엔 포근하겠구나

1987년 겨울, 이병철은 파란만장한 자신의 생을 뒤로한 채 78세를 일기로 영면에 들어갔다. 길지도 않았지만 그렇다고 짧지만도 않은 생애였다.

그는 비교적 호리호리한 편이었다. 그렇게 강건한 체질을 가지고 태어난 것 같지는 않아 보였다. 그렇다고 몹시 허약한 체질도 아니었던 것만은 분명하다. 그의 중년기와 노년기의 풍모에서 느낄 수 있었던 건 결코 유약하다고 할 수는 없지만, 누가 보아도 약골이라고 볼 수 있을 그런 모습이었다.

『호암자전』에서는, 일본 유학 시절 심한 각기脚氣에 걸려 학업을 중단해야 했던 병력을 찾아볼 수 있다. 또한 오십 줄에 들어서면서 가벼운 신경통 증상으로 고생했던 일도 없지 않다.

하지만 회갑에 이르러서도 몸에 이렇다 할 이상 증상이 없었기 때문에 평소 건강에 대해서는 어느 정도 자신이 있었던 것 같다. 그래선지 젊은 날엔 질풍노도의 시기도 있었다. 또 그런 과정에서 시나브로 병이 들기 시작했을지도 모른다.

그는 서울경제신문의 '나의 건강'이란 기고문에서(1969. 3. 22.) 이렇게 밝히고 있다. "젊어서 사업에 너무 쫓겨 다닌 탓인지 모르지만, 나는 젊어서부터 소화 기능이 좋지 않았었다…."

그는 소화 기능 강화를 위해 일찍부터 골프를 치기 시작했다. 일주일에 세 차례 정도는 필드에 나갔다. 월, 수, 금의 오후에는 어김없이 골프를 치러 나섰다. 골프를 시작한 뒤부터는 소화도 잘 되고 몸도 튼튼해졌으며, 머릿속의 긴장감도 해소할 수 있었다고 했다. 물론 거기엔 그만의 건강요법도 포함되어 있었다.

내 건강 요법은 다른 게 아니다. 건강에 무리를 하지 않고 병이 나지 않도록 예방하는 것이다. 나이를 먹어감에 따라 아무래도 옛날 젊었을 때의 정력과는 차이가 나니까. 내 건강에 알맞은 일을 하되 무리를 하지 않는다….

요컨대 그의 건강 비법이란 몸에 무리가 가는 일은 하지 않는다는 것이었다. 매일 아침 6시에 기상하고, 밤 10시면 어김없이 잠자리에 들었다. 오전 9시 출근에, 오후 6시 퇴근도 마치 시곗바늘 같았다.

아침 식사는 구운 식빵에 오렌지 주스와 원두커피 정도로 끝내고, 담배를 피우긴 했지만 많이 피우지는 않았으며, 이따금 비타민제를 복용했다.

그러나 이순耳順의 나이를 넘기면서부터 그는 '마음의 여유'를 중시하게 된다. 건강을 위해서도 그러했겠지만, 인생을 바라보는 눈이 그만큼 성숙해졌다는 증거다.

삼성문화재단'이다, '중앙일보다', '동양방송'이다, '용인자연농원'이다 하고 동분서주하던 지난 10년 동안도 참으로 바빴다. 그러나 다행히 나는 매우 건강했다. 오십 고개를 바라보면서 가벼운 신경통을 앓았던 일이 있었지만, 이렇다 할 지병은 없었다….

그런 그에게 죽음의 암운이 처음으로 드리워진 때는 66세가 되던 해(1976)의 여름이었다. 때마침 일본 도쿄에 들른 길에 게이오대학 병원에 하루 동안 머물며 건강 진단을 받았다. 의사는 위궤양 같은데 수술을 하는 것이 어떻겠느냐고 대수롭지 않게 물었다. 서울로 돌아온 그는 의사인 사위와 큰조카를 불렀다. 그리곤 일본에서 진단받은 결과와 엑스레이 사진을 보여주며 의견을 물었다.

며칠 후 곧 수술을 받는 것이 좋겠다는 의견이 나왔다. 의사인 사위와 큰조카만의 의견이 아닌, 주요 병원 전문의들의 의견까지 참작한 것이었다. 그 역시 심상치 않다고 생각했던 것 같다. 온 가족이 모인 자리에서 이렇게 입을 열었다.

인간의 생로병사는 피할 수 없다. 섭생을 게을리했거나 방

심했기 때문에 명을 재촉했다면 몰라도 불치의 병이라면 태연히 죽음을 맞는 것이 마땅한 일이 아니겠느냐. …만일에 하나 암이라면 현대 의학으로 아직 난치병이 아니겠느냐? 숨기지 말고 사실대로 말해라. 나는 동요하지 않는다….

그는 자신이 이미 암에 걸렸음을 아는 듯했다. 도쿄 게이오대학 병원에서 진단 결과를 들었을 때부터 그 같은 사실을 알고 온갖 상념에 사로잡혀 밤잠을 이루지 못했던 것 같다. 하지만 가족들 앞에선 태연해야 했다.

며칠이 지나 겨우 마음의 평정을 되찾은 듯했다. 최선을 다해 볼 필요가 있지 않겠느냐는 생각이 들었다. 우선 위암에 대한 조사를 시작했다. 당시 위암 수술은 한국에서 80%, 미국에서 50%의 사망률을 보였다. 그러나 초기 위암은 수술로도 완치할 수 있다는 것이 전문가들의 공동된 의견이었다.

인명은 재천이다. 하지만 무작정 하늘의 뜻만 기다리는 것은 어리석은 태도일 것이다. 하늘은 스스로 돕는 자를 돕는다

고 하질 않았느냐. 난 이 몹쓸 병마를 기필코 이겨낼 것이다….

깊은 고뇌 끝에 마침내 결단을 내렸다. 자신의 병마에 도전할 결심을 했다. 그런 뒤 자신이 기업 경영을 할 때와 마찬가지 방식대로 암에 대한 데이터부터 모으기 시작했다. 국내는 물론이고 지구촌 도처의 위암 치료에 관한 자료를 모아서 치밀한 치료 계획을 세웠다.

아울러 수술을 맡게 될 집도의로는 누가 가장 적합한 지도 알아보았다. 파리 국립암연구소, 영국 왕립연구소, 독일 하이델베르크의과대학, 미국 국립암연구소 등의 권위자들에 대해서도 일일이 살폈다. 그 결과 일본이 가장 적합한 곳으로 밝혀졌고, 집도의 또한 도쿄 암연구소 부속병원의 카지타니 박사로 낙점되었다.

이병철은 도쿄로 날아갔다. 마취에서 깨어났을 때 카지타니 박사는 이렇게 말했다.

"완벽한 수술이었습니다. 담배만 끊는다면 앞으로 20년은 걱정하시지 않아도 될 겁니다."

박사의 충고에 따라 40여 년 동안이나 피워오던 담배

를 곧바로 끊었다. 그렇더라도 마음조차 평온했던 건 아니다. 생로병사는 피할 수 없는 자연의 섭리라고 한다지만, 그는 『호암자전』에 "처음 암인 줄 알았을 때 10년만 더 살 수 있으면 좋겠다고 생각했다"라고 적었다.

그리고 그런 소망과 같이 암 수술을 받은 이후에도 그는 10년 넘게 더 살았다. 엄격한 자기 관리가 뒷받침되었기에 가능한 일이었다.

그뿐 아니라 이듬해(1977)부턴 다시금 자신의 자리로 돌아갈 수 있었다. 이후 10여 년 동안 '삼성종합건설', '삼성조선', '삼성정밀', '삼성해외건설', '삼성GTE통신'을 설립한 데 이어, '대성중공업'과 '한국반도체'의 인수 작업을 진두지휘했다. 이후에도 '코리아엔지니어링', '한국전자통신', '한국안전시스템', '삼성라이온즈프로야구단', '호암미술관', '삼성시계', '조선호텔', '삼성의료기기', '삼성휴렛팩커드', '삼성유나이티드항공', '삼성데이타시스템'을 설립하였다. 또한 자서전 『호암자전』을 발간한 데 이어, '삼성경제연구소'를 설립하는 등 여전히 승승장구하며 왕국의 영토를 왕성하게 확장해 나갔다.

그러던 1986년 여름, 미열과 감기 기운이 계속 있으면서 왼쪽 폐에 이상 징후가 있음을 느꼈다. 즉시 국내외 의료진의 검사 진단 결과 암으로 판명되었다. 그로부터 1년 넘도록 화학 요법, 방사선 요법이 시행되었다. 철저하면서도 체계적이고 합리적인 치료법이 이듬해까지 동원되었음은 물론이다.

주치의였던 서울대 서정돈 박사는 그의 투병 자세에서 깊은 인상을 받았다. 서 박사가 『중앙일보』에 쓴 이런 회고 내용이 눈에 띈다.

생사가 달린 자신의 병 치료와 같은 문제를 놓고 이 회장은 합리적이고 의연한 태도를 가지고 감탄할 정도로 잘 어프로치했습니다. 이 회장은 대 삼성의 최고 디시전 메이커답게 가족, 친지나 삼성 관계자들 앞에서 의연해지려고 애썼고, 끝까지 자제력을 발휘해서 자세를 흐트러뜨리지 않고 참고 견딘 점이 놀라웠습니다….

그러나 이 같은 투병에도 불구하고 건강이 계속 나빠

져 마침내 그는 의식이 흐려져 갔다. 뇌에까지 전이된 병변病變은 상태를 더욱 악화시켰다.

마침내 그는 11월 19일 0시, 서울 이태원1동 135-26, 하얏트호텔의 바로 아래쪽에 자리한 300여 평의 대지 위에 100평 남짓한 단층으로 지은 한옥 자택으로 옮겨졌다. 이 자택은 이후 승지원承志園이란 이름으로 불렸다. 이건희 2대 회장이 아버지의 뜻을 이어받아 나가겠다는 의미로 그렇게 명명했다. 그는 이곳에서 가족들이 지켜보는 가운데 같은 날 오후 5시 5분 숨을 거두었다.

저기 저 자리가 좋구나. 앞에는 물이 흐르고, 뒷산도 아늑하구나. 저만하면 여름에는 시원하고, 겨울에는 포근하겠구나….

타계하기 20여 년 전이었다. 장남 이맹희가 '용인자연농원'의 부지를 한창 정리하고 있을 무렵, 그가 격려차 들렀다가 자신이 스스로 정한 자리였다.

이병철의 죽음에 애도의 줄이 이어졌다. 숙명의 라이

벌이었던 현대그룹의 정주영 또한 그 줄에 섰다. 일찍이 잔혹한 식민 지배에 이어 참혹한 전쟁마저 휩쓸고 지나가면서 단지 폐허와 공허만이 남았을 뿐인 당시에, 의지와 희망의 빈곤을 딛고 일어나 창업 개척에서 한 치의 양보도 없이 서로 맹렬히 경쟁했던 또 다른 왕국의 정주영은 그에 대해 이렇게 입을 열었다.

호암 이병철 회장이 걸출한 사업가였다는 것은 세상의 모든 이가 알 것이다. 그분은 자신의 치밀한 판단력과 혜안으로 삼성이라는 대그룹을 일구었으며, 오늘날 삼성이 한국의 울타리를 뛰어넘어 세계로 진출할 수 있는 발판을 만들어 놓았다. 사업이란 자본의 크기로만 승패가 결정되는 일이 아니다. 누가 뭐라고 하더라도 사업은 사람의 일이며, 자신과 주변 모두의 철저한 노력 속에서 그 승패가 좌우되는 일이다. 그러기에 사업에 성공하기까지 온갖 정성과 노력을 아끼지 않은 사업가를 비롯한 모든 사람의 노력은 정당하게 인정되어야 한다.

호암은 사업이란 사람의 일이라는 것을 잘 알고 계셨던 분이다. 호암의 사업관은 인재 제일주의라는 말로 요약될 수 있다. 흔히 삼성사관학교라는 말이 통용될 정도로, 인재에 대한 호암의 열성은 우리나라 기업사에 하나의 기업문화를 일구어 내었다.

그러나 인재를 양성하는 일에만 열정을 품었던 것은 아니다. 호암은 자기 자신을 단련시켜 왔던 분이다. 단정한 그의 옷매무새는 자신에 대한 엄격함을 밖으로 드러내는 하나의 상징이었다. 또한 일단 시작된 사업에 대해 제일주의를 견지하던 모습은 무한경쟁시대를 맞이한 오늘날에 다시 한번 변화·발전시켜야 할 만한 것이다….

한민족의 정체성을 만든 인물들을 통해, 삶의 지혜와 미래의 길을 연다.

고대 배달 민족의 얼인 고대 동아시아 지배자

나는 **치우천황** 이다

대동 세상을 열려는 너희 본디 마음이 나 치우다

"나는 천산산맥 넘어 해 뜨는 밝은 곳을 향해 내려와
신시 배달국을 열었다. 너도 하느님 나도 하느님, 너도 왕이고
나도 왕이니 서로서로 섬기는 대동 세상 터를 닦고 넓혀왔다.
하여 뭇 생명이 즐겁고 이롭게 어우러지는 세상을 열려는
너희 본디 마음이 곧 나일지니."
- 치우천황이 독자에게 -

이경철 지음 | 값 14,800원

근세 현모양처의 대명사인 한 여성의 삶과 꿈

나는 **사임당** 이다

많이 알려졌어도 실제 내 삶을 아는 사람은 드물구나

"나만큼 많이 알려진 인물도 없다. 그러나 나만큼 제대로
알려지지 않은 인물도 없다. 율곡의 어머니, 겨레의 어머니,
현모양처의 모범과 교육의 어머니로 많이 알려졌어도
실제 내 삶이 어떠했는지 아는 사람은 거의 없다.
나는 내 삶을 바르게 살고 싶었을 뿐이다."
- 사임당이 독자에게 -

이순원 지음 | 값 14,800원

근대 지킬 것은 굳게 지킨 성인군자 보수의 표상

나는 **퇴계** 다

'완전한 인간'을 위한 자기 단련의 길이 나 퇴계다

"나는 책이 닳도록 수백 번을 읽었다. 그랬더니 글이
차츰 눈에 뜨였다. 주자도 반복해서 독서하라고
이르지 않았던가? 다른 사람이 한 번 읽어서 알면,
나는 열 번을 읽는다. 다른 사람이 열 번 읽어서
알게 된다면, 나는 천 번을 읽었다."
- 퇴계가 독자에게 -

박상하 지음 | 값 14,800원

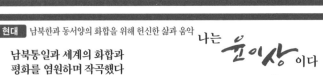

근대 삼한갑족 노블레스 오블리주의 대명사

나는 **이회영**이다

**동서고금을 통해 해방운동이나
혁명운동은 자유와 평등을 추구하는 운동이었다.**

"한 민족의 독립운동은 그 민족의 해방과 자유의 탈환을 뜻한
이런 독립운동은 운동 자체가 해방과 자유를 의미한다.
태고로부터 연면히 내려온 인간성의
본능은 선한 것이다."
- 이회영이 독자에게 -

이덕일 지음 | 값 14,800원

근대 육성으로 직접 들려주는 독립군의 장군 일대기

나는 **홍범도**다

**내가 오지 말았어야 할 곳을 왔네,
나를 지금 당장 보내주게**

야 이놈들아, 내가 언제 내 흉상을 세워 달라 했었나.
왜 너희 마음대로 세워놓고, 또 그걸 철거한다고 이 난리인가
내가 오지 말았어야 할 곳을 왔네. 나를 지금 당장 보내주게.
원래 묻혔던 곳으로 돌려보내주게.
나는 어서 되돌아가고 싶네.
- 홍범도가 독자에게 -

이동순 지음 | 값 14,800원

고대 신화가 아니라 실재했던 한겨레의 국조

나는 **단군왕검**이다

**서로 잘 어우러져 하나가 되는
홍익인간 공공사회를 일구었노라**

"나는 임금이 되어 우리 겨레를 홍익인간의 삶으로 이끌려 애썼
그러면서도 자연의 원리에서 떠나지 않으려 했다.
융통성을 바탕으로, 공동체를 사안에 따라 매우
유연하고도 능란하게 운영하려고 했다. 반란과 대홍수를
이겨내고 모두 하나가 되는 공공사회를 일구었노라."
- 단군왕검이 독자에게 -

박선식 지음 | 값 14,800원

근세 여성 최초 상인 재벌과 재산의 사회 환원

가난을 돌이킬 수 없는
수치로 여겨라

나는 **김만덕** 이다

어진 사람이 나랏일에 간여하다가도 절개를 위해 죽는 것이나,
선비가 바위 동굴에 은거하면서도 세상에 이름을
떨치게 되는 건, 결국 자기완성이 아니겠느냐.
여성의 몸으로 내가 상인으로 나선 이유도
이와 다르지 않다."
- 김만덕이 독자에게 -

박상하 지음 I 값 14,800원

고대 민족의 고대사를 개창한 건국 여제

나는 **소서노** 다

내가 바로 고구려, 백제를 건국한 왕이다

"나는 졸본부여의 왕재로 태어나, 추모와 함께 고구려를
건국하였으며 다시 두 아들과 함께 남하하여 백제를 건국하였다.
역사서에 나를 일컬어 왕이라 하지 않았으나,
엄연히 나라를 개창하여 백성들을 위한 정치를 펼쳤으니
더 이상 나의 존재를 부정할 수 없으리라."
- 소서노가 독자에게 -

윤선미 지음 I 값 14,800원

고대 신라의 중흥을 이룬 대장군

나는 **이사부** 다

위대한 장수는 싸우지 않고 이기는 전투를 한다

전장에서 적을 베는 것보다 싸우지 않고 이기는 장수가
지혜로운 장수다. 적국의 백성도 나라를 달리하면
모두 제 나라의 백성이다. 권력을 탐하는 자는
신의를 저버리나 백성은 그저 순리에 따를 뿐이니,
현명한 장수는 백성을 살리는 전투를 한다.
- 이사부가 독자에게 -

김문주 지음 I 값 14,800원

근대 식민지시대 대중문화운동의 진정한 선구자

나는 왕평 이다

너희가 '황성옛터'를 아느냐

나라 잃은 시대, 나는 민족 저항의 노래인 '황성옛터'
한 곡으로 겨레의 영혼에 불을 지폈다.
그 불이 꺼지지 않고 오늘에 이르렀다.
지금 그 불꽃은 꺼졌는가?
여전히 활활 타고 있는가?
- 왕평이 독자에게 -

이동순 지음 | 값 14,800원

근대 꺾이지 않는 마음으로 행동했던 시인

나는 이육사 다

인간다운 삶을 위한 해방,
완전한 독립을 위하여!

"나는 꺾이지 않는 마음이다. 의열단 군관학교 출신의 독립운동
비밀요원으로, 감옥에서 죽어가는 순간에도 시를 썼던 시인으로,
내가 꿈꾸었던 것은 자유롭고 평화로운 세상이었다.
인간다운 삶을 위한 해방, 완전한 독립을
완성하는 것은 이제 그대들의 몫이다."
- 이육사가 독자에게 -

고은주 지음 | 값 14,800원

중세 귀주대첩으로 고려를 구한 구국의 영웅

나는 강감찬 이다

11세기 동북아의 국제질서를 뒤흔들어놓은 귀주대첩

"거란의 2차 침입 때 대신들이 항복을 말했지만
나는 항복은 안 된다고 외쳐 위기를 넘겼다. 동북면병마사,
서경유수로 재직하면서 거란의 재침에 철저히 대비한
나는 거란의 3차 침입 때 귀주 벌판에서 적을 전멸시켰다.
고려는 막강한 저력을 바탕으로 거란, 송나라와
대등한 외교를 펼치며 평화를 누렸다."
- 강감찬이 독자에게 -

박선욱 지음 | 값 14,800원

현대 대한민국 현대사의 격랑 속에서 소설이 된 사람

나는 박완서 다

증오는 사랑과 연민이 되고,
나는 결국 소설이 되었다

"나의 인생과 소설에 담긴 역사를 바라봐주면 좋겠다.
내 안의 '양반 의식', '아줌마 정신',
'빨갱이 트라우마'를 온전히 바라봐주면 좋겠다.
그렇게 나를 기억해주면 좋겠다."
- 박완서가 독자에게 -

이경식 지음 I 값 14,800원

중세 고려의 자주국 수호를 천명한 여걸

나는 천추태후 다

자주국 고려의 위상은 내가 지킨다

""나의 고려가 외국에 사대하는 것을 원치 않았다. 성종이
내려놓은 고려의 위상을 반드시 되돌려 놓아야 한다고
다짐했다. 그것이 태조 왕건의 유조에 따라
고려가 자주국이자 황제국으로서, 세상 그 어떤 나라도
넘보지 못할 대국으로 거듭날 수 있는 유일한 방법이라
여겼으니 이것이 내가 목종을 대신하여 섭정한 이유다."
- 천추태후가 독자에게 -

윤선미 지음 I 값 14,800원

단체 I 분야별 조선왕조 5백 년을 이끈 5대 명문가의 이야기

집안이 어려워도 낙담해선 안 되고
공부가 쓸모없다고 관두어서도 안 된다

나는 삼한갑족 이다

딱한 처지에 놓일지라도 민망하게 여기지 않고,
귀한 신분에 올랐음에도 교만하지 않을 뿐더러,
참혹한 화를 당해도 위축되거나
운명에 흔들려선 안 된다.
- '삼한갑족'이 독자에게 -

박상하 지음 I 값 14,800원